Emmy Curtis est éditrice et auteure de romans d'amour. Ressortissante britannique, elle soigne son mal du pays à coups de Cadbury Flake et de tourtes à la viande Fray Bentos. Après avoir vécu à Londres, Paris et New York, elle s'est installée en Caroline du Nord. Lorsqu'elle n'écrit pas, Emmy adore voyager en compagnie de son mari militaire ou faire de longues promenades avec leur labrador.

Du même auteur, chez Milady :

Alpha Ops :
1. *Sous l'uniforme*
2. *Fouille au corps*
3. *Sécurité rapprochée*
4. *Mission sous couverture*
5. *À hauts risques*

Emmy Curtis

À hauts risques

Alpha Ops – 5

Traduit de l'anglais (États-Unis) par Frédéric Grut

Milady Romance

Milady est un label des éditions Bragelonne

Titre original : *Risk of Exposure*

ISBN : 978-2-8112-2332-8

Bragelonne – Milady
60-62, rue d'Hauteville – 75010 Paris

E-mail : info@milady.fr
Site Internet : www.milady.fr

Pour le Chef, qui garde mon cœur au chaud,
et pour Kora, qui en fait de même pour mes pieds.

Chapitre premier

RAPPORT D'ACTIVITÉ BARRACKS SECURITY

Agent : Malone Garrett

Cible : Abigail Baston

Compte-rendu du jour : Baston ne se doute toujours de rien. Ses journées sont réglées comme du papier à musique et n'importe qui pourrait la surveiller. Je dis bien n'importe qui. Même ma grand-mère. Chaque jour, elle court cinq kilomètres, se rend à l'orphelinat en voiture puis rentre chez elle.

Le bon côté des choses, c'est que je progresse à Candy Crush. J'en suis au niveau 1038. Je suis un vrai dieu à ce jeu, vous l'avez essayé ? Mais je dois dire que si mon séjour en Ukraine se prolonge, les compétences pour lesquelles vous m'avez engagé ne serviront à rien. Désolé, donc. Dans le sens anglais du terme, pas américain, c'est-à-dire que je ne suis pas désolé du tout, parce que c'est votre faute*.

Date de rédaction : À moi le niveau 1039.

*Je n'étais pas sûr que vous saisiriez la finesse de mon propos, donc j'ai préféré l'expliquer. Mais ça en ôte peut-être tout le sel, non?

Il appuya sur « Entrée » et sentit un petit pincement indéfinissable. Il s'était juré de ne jamais tourner en dérision l'inquiétude que son patron éprouvait pour sa fille, mais après quinze rapports du même style, il avait du mal à contenir sa frustration. Plus vite le papa poule comprendrait que sa progéniture ne risquait rien, plus vite Mal passerait à sa mission suivante, qui n'aurait aucun mal à être plus intéressante que celle-ci. Son travail actuel consistait à suivre la fille la plus rasoir du monde au milieu de la ville la plus rasoir d'Ukraine.

Abby Baston était une sorte d'ange tombé du ciel. Elle avait arrêté ses études au bout de quelques mois pour rejoindre l'ONG Aide internationale. Elle travaillait actuellement dans un orphelinat ukrainien. Elle était là depuis six mois et les récents bruits de bottes en provenance de la Russie voisine poussaient son père à se faire du souci pour sa sécurité.

Mal avait pour instructions d'évacuer la jeune femme en cas d'action agressive des Russes, une invasion par exemple. Évidemment, il avait fallu que cette petite dinde s'installe à moins de cinq kilomètres de la frontière.

Quant à Mal, il se languissait au rythme des journées de la jeune femme : appartement, jogging, appartement, orphelinat et de nouveau appartement. Il avait envie de la secouer par les épaules et de lui dire de s'acheter une vie, de visiter des endroits intéressants, de s'encanailler… bref, n'importe quoi qui rendrait son travail moins assommant. Abby ne souriait que rarement et n'aimait même pas faire les boutiques.

Pour Mal, cette inactivité était très pesante. En d'autres circonstances, il se serait arrangé pour la rencontrer, la séduire et faire semblant d'être son petit ami jusqu'à la fin de la mission. C'était une méthode qu'il avait perfectionnée au fil des ans, la manière la plus simple d'assurer la sécurité d'une personne sans qu'elle s'en rende compte.

La manière la plus agréable, également, mais Abby n'était pas assez intéressante pour qu'il ait la moindre envie de le faire.

Sans compter qu'il tenait à son emploi. Baston était l'une des rares personnes à ne pas tiquer face aux trous béants de son CV. Il ne devait donc pas bâcler cette mission et encore moins séduire la fille de son patron. Mal était forcé de faire son boulot et de la suivre partout où elle allait, ce qui rendait son existence aussi terne que celle de la jeune femme.

Il vérifia que son rapport avait bien été reçu, regarda l'heure et bâilla tout en s'appuyant sur le dossier de sa chaise en plastique et en posant les pieds sur le rebord de sa fenêtre. Une caméra était montée sur un trépied, mais cette installation était inutile. La fille tirait les rideaux lorsqu'elle rentrait chez elle le soir. Mal soupira et ferma les yeux. Aucune mission ne l'avait jamais autant épuisé.

Il n'avait rien pour s'occuper l'esprit. Depuis deux semaines qu'il était là, il avait essayé les mots croisés, le sudoku et le mahjong. Contrairement à ce qu'il avait dit à son patron, il n'avait pas encore testé Candy Crush. Il gardait ce jeu en dernier recours. Même son ordinateur rechignait face aux âneries qu'il lui faisait faire. Une petite sonnerie retentit alors à côté de lui et il se redressa sans entrain, la main sur la télécommande de la caméra.

Il avait placé un dispositif sous le paillasson d'Abby pour être alerté chaque fois que quelqu'un entrait, même s'il ne s'agissait que d'elle. Il consulta une nouvelle fois sa montre. *Eh oui, pile à l'heure.*

Son patron était un vieux singe toujours prêt à raconter des histoires aussi sordides que passionnantes, un verre à la main et un cigare aux lèvres. Comment avait-il pu faire des enfants aussi navrants ? Son fils était juriste en entreprise et sa fille travaillait dans l'humanitaire. La nouvelle génération n'avait-elle donc aucun amour du risque, aucun sens de l'aventure ?

Bon, l'expression « nouvelle génération » était peut-être un peu exagérée ; la jeune femme n'avait après tout que six ans de moins que lui, mais tout de même. Il reprit sa position initiale et songea aux femmes de l'âge d'Abby qu'il avait fréquentées. Il se demanda ce que devenait Danielle, un peu plus vieille que lui, même si elle n'avait jamais voulu lui révéler son âge véritable. C'était une femme très classe… et très coquine. Il sourit à ce souvenir. C'était dans le désert du Sinaï. Il était alors agent de renseignements et elle travaillait à l'ambassade. Danielle lui avait ouvert certaines portes de la société égyptienne qui, en temps normal, lui seraient restées irrémédiablement fermées. Elle avait été…

C'est quoi, ce bordel ?

Il se leva si vite que la chaise pliante se referma d'un coup sec avant de tomber. Abby était en train d'ouvrir sa fenêtre malgré la fraîcheur vespérale et sautait d'un pied sur l'autre. À quoi jouait-elle donc ?

La baie vitrée offrait une vue imprenable sur l'ensemble de l'appartement, à part la chambre à coucher, qu'il avait visitée lors de sa première entrée par effraction. Il sourit alors en regardant Abby agiter les mains. Elle venait de brûler ce qu'elle cuisinait et de s'en renverser sur elle. L'espace d'un instant, il se figea en voyant son tee-shirt maculé de rouge, comme si elle avait reçu une balle, mais il se reprit vite, se disant qu'il était rare que des personnes blessées par armes à feu s'amusent à danser la gigue.

Une autre pensée lui traversa fugitivement l'esprit. Curieusement, il n'était pas surpris qu'on ait pu lui tirer dessus. Il tenta de suivre le fil de cette réflexion. Abby avait quelque chose de spécial. Sa vie était-elle réellement aussi morne qu'elle en avait l'air ? Surtout elle, la fille de son patron ? Cachait-elle quelque chose ?

Il se reposait depuis des années sur son instinct, et ce dernier venait de se réveiller à la vue d'Abby toute tachée de sauce tomate. Mal acceptait enfin le fait qu'elle n'était peut-être pas ce qu'elle semblait être, et cela le détendait. Comme si son inconscient avait attendu patiemment que son cerveau comprenne la vérité. Il allait devoir organiser une rencontre, même s'il ne savait pas encore comment.

Les yeux rivés sur la jeune femme, il ouvrit un paquet de chips ukrainiennes au goût étrange. En tout cas, il ne risquait pas de se brûler. Il n'avait même pas mis les pieds dans sa propre cuisine depuis son arrivée. Il continua de regarder par la fenêtre, prêt à toutes les éventualités.

Abby disparut pendant quelques minutes et il en profita pour saisir ses jumelles. Alors qu'il redressait la tête, un mouvement capta son attention. Elle avait ôté son tee-shirt et le faisait tournoyer au-dessus de sa tête pour tenter d'évacuer la fumée. Elle était en sous-vêtements. Il voulut porter les jumelles à ses yeux mais, fébrile, se les fit tomber sur le pied. Il les ramassa, grimaçant, et fit bouger chacun de ses orteils pour vérifier qu'il ne s'était rien cassé.

De l'autre côté de la rue, Abby se démenait toujours pour faire disparaître la fumée. Il serra les doigts sur ses jumelles. Il avait une envie impérieuse de la revoir en sous-vêtements, mais il savait qu'il ne devait pas.

Sauf que... quelque chose clochait. Il ne parvenait pas à mettre le doigt dessus.

Mal regarda par la fenêtre. Il aurait pu zoomer au maximum, mais le fait de la savoir en petite tenue le mettait mal à l'aise. Il lui suffisait de vérifier qu'elle n'avait rien et de comprendre d'où lui venait cette étrange intuition.

Abby était en train de rire de sa maladresse tout en agitant vigoureusement les bras. Cela faisait plaisir à voir. Mal ne l'avait vue sourire que deux fois, dont une sur la photo d'identité qui se trouvait dans son dossier.

La vache !

Elle se mit ensuite à danser sans la moindre retenue, et se tortilla pour faire tomber sa jupe avant de la ramasser et de la faire tourner au-dessus de sa tête comme un lasso. Il avait l'impression de regarder une personne totalement différente. Et presque nue. Il détourna de nouveau la tête, mais ses yeux étaient comme attirés par la scène.

Abby toussa et se couvrit la bouche avec sa jupe. Mal se figea. Avait-elle senti une fuite de gaz ? La fumée commençait-elle à l'étouffer ? Elle retourna dans la cuisine, ouvrit d'autres fenêtres et recommença à agiter les bras, probablement pour faire partir l'odeur de brûlé, tout cela en riant et en chantant à tue-tête. Ce n'était pas du tout l'Abby qu'il suivait depuis des semaines. La jeune femme qu'il avait sous les yeux semblait amusante.

Et sexy. Bien décidé à ne plus violer son intimité, Mal sortit son téléphone et fit défiler les derniers titres. Un éclair furtif lui fit relever la tête. Elle était en train de fermer la fenêtre et de tirer ses rideaux, dont le dernier lui résistait. Il la regarda faire pendant une seconde, puis retourna aux nouvelles. Célébrités, politique et guerres, rien de tout cela n'était très motivant. Avec un soupir, il cliqua sur un article dédié aux réunions du G20 à Athènes. Il connaissait quelques agents là-bas et parcourut le texte pour voir s'il contenait des informations dignes d'intérêt.

Il jeta un bref regard à l'appartement d'Abby. *Bon sang, qu'est-ce qu'elle fiche ce coup-ci ?*

Le rideau coincé lui permettait de voir un rituel de ses soirées qui lui était encore inconnu.

Abby s'étira comme un chat, bâilla et prit une pose de yoga. Il ne pouvait voir que la moitié de son corps entre les rideaux à demi fermés, mais il ne put s'empêcher de remarquer les mouvements de ses seins.

Mal avala sa salive. *Regarde ailleurs, regarde ailleurs !*

Mais il n'en était pas capable.

Abby se pencha en avant pour toucher ses orteils. *Nom de Dieu !* Sa minuscule culotte ne cachait rien du tout. Il tourna les yeux vers ses jumelles. *Pas question, Garrett.* Il avait passé l'âge de jouer les voyeurs, mais il ne pouvait le nier : il mourait d'envie de la voir.

Était-ce mal, après tout ?

Il avait l'impression de la découvrir sous une toute nouvelle perspective. D'accord, elle était presque nue, mais il devait en apprendre plus sur elle, ne serait-ce que pour satisfaire son instinct. Mais ne se cherchait-il pas tout simplement une excuse pour faire sa connaissance ?

Il regarda de nouveau de l'autre côté de la rue en se forçant à laisser ses jumelles par terre.

Il était un foutu saint !

Ses cheveux, noirs et souples, étaient noués en une espèce de chignon et ses lunettes donnaient à Mal l'impression qu'il était en train de regarder *Les Confessions d'une bibliothécaire*. Il y avait forcément une émission de télé-réalité de ce genre quelque part dans le monde.

Derrière les rideaux ondulants qui la cachaient à moitié, elle commença à faire des grands écarts. Elle se pencha pour poser les bras sur une jambe, puis l'autre. Enfin, elle les resserra et se releva, le dos tourné à la fenêtre, pour croiser les bras sur sa poitrine et attraper ses épaules. Enfin, elle tourna plusieurs fois le cou et détacha ses cheveux.

Mal sentit sa bouche s'assécher. Elle était belle. Cela ne venait ni de ses cheveux, ni de son visage, ni de son corps – même si, après ce qu'il venait de voir, il ne pouvait nier leur attrait – mais c'était plutôt dû à sa grâce naturelle. C'était comme s'il y avait deux Abby. La première ne souriait jamais, suivait un emploi du temps précis et ne semblait pas capable de s'amuser. La seconde riait de ses propres bêtises, même lorsqu'elle mettait le feu à sa cuisine. Elle dansait, chantait et riait. Sans parler de ses bras souples, de ses longues jambes félines, des muscles qui roulaient le long de son dos…

Il se demandait quelle pouvait être la texture de sa peau.

Et aussi pourquoi il avait cru, l'espace d'un instant, qu'elle avait reçu une balle.

Elle se retourna pour faire face à la fenêtre et passa la main dans son dos, comme pour défaire son soutien-gorge. Mal se leva, crispé, le souffle presque coupé, mais Abby tourna alors la tête, arrêta son geste et prit son téléphone, posé sur un coussin du canapé.

Si je tenais le crétin qui l'appelle…

Il prit une grande inspiration et constata qu'il avait une érection monumentale. Il n'avait jamais été aussi rigide sans le moindre contact.

Il avait envie de la rencontrer, pour explorer ce que son instinct lui disait sur elle.

Bien sûr. C'est la seule et unique raison.

Abby referma complètement les rideaux. Elle venait de se rendre compte que s'il y avait quelqu'un dans l'immeuble en face – ce qui paraissait improbable, car toutes les lumières étaient éteintes –, ses voisins auraient une vue directe sur son appartement et ne manqueraient pas de se moquer de son talent douteux de cuisinière. Enfin, si l'on pouvait appeler cela de la cuisine.

Comment avait-elle réussi à brûler une soupe à la tomate, et pire encore, à renverser le liquide en ébullition sur son seul chemisier blanc ? Elle ne savait pas ce qui clochait aujourd'hui, mais elle faisait tout de travers. Le plafond était noirci par la fumée au-dessus de la gazinière et elle se demanda un instant ce qui se passerait si la CIA ne récupérait pas sa caution. Les éventualités qui lui venaient en tête la firent ricaner. *Une frappe de drone ? Une petite visite des « nettoyeurs » maison ?*

La fumée s'était dissipée, laissant derrière elle une odeur douceâtre qui, Abby l'espérait, disparaîtrait bientôt elle aussi. Heureusement qu'elle n'était pas en train de démonter une arme ni de passer un test d'aptitude. Depuis quelques semaines, elle était la maladresse même. Elle manquait d'entraînement. Dans tous les domaines.

Elle avait la sensation qu'on la surveillait, mais elle n'avait vu personne et elle n'avait pas été interceptée lorsqu'elle déposait ses informations dans sa « boîte aux lettres » pendant qu'elle faisait son jogging. Elle était restée sur ses gardes pendant une bonne semaine avant de conclure qu'elle se faisait des idées. Le problème du métier d'agent infiltré – activité solitaire par excellence – était qu'il poussait à la paranoïa. Parfois à raison, mais le plus souvent à tort.

Elle s'étira de nouveau et entra dans la douche en souriant. Elle n'aurait jamais imaginé être affectée à une mission si mortellement ennuyeuse qu'elle en vienne à se réjouir d'un soupçon d'espionnage infondé. Mais elle devait se concentrer exclusivement sur la frontière russe et sur l'activité qui y régnait.

L'orphelinat dans lequel elle était infiltrée comprenait un point de surveillance, qu'elle avait baptisé sa « petite tour de garde ». C'était de là qu'elle gardait un œil sur la frontière.

Elle se trouvait juste au nord de la zone où les « combattants soutenus par la Russie » et les Ukrainiens étaient engagés dans un conflit plus ou moins ouvert. Tout le problème venait du fait que personne ne savait si ces fameux combattants étaient seulement financés par la Russie ou s'ils faisaient partie de l'armée russe. Si Abby parvenait à faire la preuve de la seconde hypothèse, les forces de l'OTAN se mettraient en branle pour soutenir l'Ukraine. C'était la mission la plus importante de sa jeune carrière et elle comptait bien la réussir avec les honneurs, même si elle n'avait pas fait forte impression jusque-là.

Elle coupa l'eau et resta un instant immobile, le regard dans le vague. Depuis six mois, elle n'avait été en contact qu'avec Tanov, son patron, et Brigda, sa femme antipathique. Ah, oui, et avec les enfants de l'orphelinat, mais ils ne comptaient pas vraiment, vu son peu de maîtrise du dialecte mi-russe mi-ukrainien qu'ils parlaient tous.

Six longs mois isolée du monde. Elle avait envie de discuter avec quelqu'un. Pour voir si elle était encore capable de sourire. Si ses muscles fonctionnaient encore. Elle rêvait de toucher quelqu'un, même accidentellement du bout des doigts.

Tout en se séchant les cheveux, elle sourit à la glace. C'était pitoyable. Son rictus paraissait faux et même douloureux.

Elle avait autrefois travaillé à l'ambassade américaine de Moscou. Elle était arrivée en hiver et la première chose qu'elle avait remarquée était que personne ne souriait. Ni dans la rue, ni dans les magasins, ni même au sein de l'ambassade. On aurait dit qu'une chape de plomb pesait sur le pays. L'effet du froid polaire, probablement. Seule la vodka générait un semblant de plaisir, et uniquement si elle était de qualité. Malheureusement, les sourires ne duraient que le temps de la bouteille. C'était pareil là. La proximité de la frontière russe n'y était certainement pas pour rien.

Peut-être sortirait-elle le lendemain soir, pour se rendre dans le bar devant lequel elle passait lorsqu'elle rentrait de l'orphelinat. Elle vérifierait le nom de la rue le lendemain en se rendant au travail. Même si elle ne parlait qu'au barman, ce serait un nom de plus à ajouter à la maigre liste de contacts qu'elle était censée remplir chaque jour. Les analystes de Langley devaient la prendre pour la personne la plus barbante du monde. Ou peut-être irait-elle au restaurant qu'elle fréquentait lorsque son réfrigérateur était vide. Une chose était sûre : elle avait besoin de voir du monde. N'importe qui.

Elle soupçonnait que sa maladresse et son malaise étaient provoqués non par la proximité de la Russie, mais par son isolement complet.

Elle pourrait peut-être déclencher une bagarre au bar. Après tout, un coup de poing était un contact physique comme un autre. Elle n'aurait jamais été aussi proche d'un autre être humain depuis… bon sang, combien de temps ? Trois ans, peut-être ?

Cette pensée acheva de la déprimer.

Chapitre 2

Comme tous les jours, Mal fut tiré du sommeil par le bruit habituel des marteaux-piqueurs devant sa fenêtre. Il n'existait aucune réglementation antibruit dans la ville et il avait pris l'habitude d'utiliser ce vacarme quotidien comme réveille-matin. Parfois, les ouvriers commençaient à 6 heures, d'autres jours à 9. Il soupçonnait que cela variait en fonction de la quantité de vodka ingurgitée dans la soirée et il avait même envisagé de leur faire livrer une caisse d'alcool la veille des jours où il avait besoin de dormir.

Abigail Baston ne sortait généralement pas avant 8 heures, ce qui lui laissait, selon son téléphone portable, une demi-heure avant de prendre son poste au volant de sa voiture. Il ne lui faudrait que cinq minutes pour prendre une douche express et avaler une tasse de café soluble à l'eau chaude du robinet. Il se rallongea donc et repensa aux événements de la nuit précédente. Il revit Abby et son chemisier taché de rouge, et tenta de comprendre pourquoi il avait réagi de manière aussi primaire. Qu'est-ce qui avait changé ?

Ce n'était probablement pas le type avec qui elle travaillait à l'orphelinat. Il était marié à une mégère terrifiante, et il aurait fallu qu'il soit fou pour ne serait-ce que songer à fricoter avec Abby. Quant à cette dernière, elle n'avait fréquenté personne d'autre depuis trois semaines qu'il la surveillait.

Allongé sur le mince matelas qu'il avait jeté à même le sol lorsqu'il avait loué l'appartement, il se remémora les dernières vingt-quatre heures, mais sans résultat.

Il ferma les yeux et songea au rythme des journées d'Abby. Sa vie était si banale, si ennuyeuse… Était-ce délibéré, pour faire mourir d'ennui les personnes qui pourraient éventuellement la surveiller ? Il soupira. Si c'était le cas, c'était réussi. Il repensa à la scène de la veille, et la revit en train de faire partir la fumée à l'aide de sa jupe et de son chemisier. Cette image le fit sourire. C'était un côté d'elle qu'il ne connaissait pas, une facette très attirante.

Il se leva et entama ses préparatifs. Comme il l'avait prévu, dix minutes plus tard, il était douché, habillé et avait ingurgité sa dose de caféine.

Il était là pour surveiller Abby, mais cela ne voulait pas dire qu'il passait ses journées dans son ombre. Il vérifiait régulièrement si elle se trouvait bien là où elle était censée être à telle ou telle heure. De temps à autre, il la suivait pendant son jogging, pendant ses courses ou lorsqu'elle se rendait à l'orphelinat, mais il passait la plupart de son temps à s'assurer que personne d'autre ne l'espionnait.

Pourquoi son patron soupçonnait-il qu'elle était surveillée ? Au départ, Mal avait cru qu'il ne s'agissait que d'une paranoïa paternelle classique – n'ayant ni enfant ni véritable proche, Mal n'avait aucun critère de comparaison – mais peut-être était-ce autre chose ? Il secoua la tête. Il allait provoquer une rencontre entre eux pour en savoir davantage. Si son sixième sens restait sans réaction, il insisterait pour être relevé de cette affaire. Ou de ce manque d'affaire, plutôt. Mais pour l'heure, il devait reprendre sa filature.

Quand une personne était surveillée, elle finissait généralement par s'en rendre compte, consciemment ou non. Il voulait à tout prix éviter cela avec la fille de Baston. Les personnes mal à l'aise faisaient des choses stupides et il n'avait aucune envie de la plonger dans des ennuis dont il devrait ensuite la tirer.

Il s'installa au volant de sa Škoda 1986 marron et sortit de la ville pour se garer à un kilomètre de l'orphelinat, devant un vendeur de voitures d'occasion, puis attendit qu'Abby passe à son tour dans sa propre Škoda.

Lorsqu'elle arriva, il soupira, à la fois soulagé et déprimé que cette femme soit aussi prévisible. Il en était désolé pour elle, mais ce n'était pas son problème. Au contraire, plus la vie d'Abby était terne, plus vite il serait assigné à une mission digne de ce nom.

Il espérait que Baston ne le laisserait pas moisir là pour l'éternité à espionner sa fille. Si seulement elle lui avait offert l'occasion de la draguer, cette attente aurait été supportable. Agréable, même. C'était peut-être la fille de Baston, cependant s'ils avaient lié connaissance, ou mieux encore, s'il l'avait embrassée, le temps aurait passé plus vite, mais dans ces circonstances, c'était intenable.

En trois semaines, il ne l'avait vue sourire que deux fois. Une fois au téléobjectif, lorsque l'un des enfants était sorti en courant de l'orphelinat pour l'accueillir, et l'autre la veille au soir. Le petit orphelin s'était jeté dans les bras d'Abby et le sourire furtif qui était apparu sur le visage de la jeune femme lui avait fendu le cœur. Et la veille, il avait vu son soutien-gorge… Tout cela devenait n'importe quoi. Il allait la rencontrer, quelles qu'en soient les conséquences. Baston pouvait aller se faire voir. Mal voulait que cette mission ridicule se termine.

Ce serait aujourd'hui. Il avait huit heures pour tout planifier.

Abby jouait avec Lana, une fillette de trois ans, tandis que la Troisième Guerre mondiale faisait rage dans la cuisine. Tanov et Brigda se disputaient une nouvelle fois à cause d'elle, ou plutôt de sa nationalité américaine et de son statut d'employée du gouvernement. C'était tout ce que l'agent de liaison de la CIA leur avait dit tout en leur donnant de quoi faire tourner l'orphelinat pendant plusieurs années.

Cet arrangement déplaisait à Brigda, qui exigeait soit plus d'argent, soit le départ d'Abby. Tanov, de son côté, la suppliait de réfléchir. Abby dressa l'oreille. Elle ne leur avait pas précisé qu'elle comprenait leur langue. Dans cette région de l'Ukraine, beaucoup de gens parlaient anglais. Elle était contente d'avoir gardé son secret, car si Tanov était en train de dissuader Brigda de faire une bêtise, cela signifiait qu'ils avaient déjà dû envisager de la livrer aux autorités.

Leur fils aîné faisait partie de la police locale. Il était une sorte de shérif ukrainien. C'était un beau jeune homme dont les yeux s'étaient illuminés lorsqu'il avait rencontré la travailleuse humanitaire américaine venue apporter son aide à l'orphelinat de ses parents, mais Abby savait qu'il n'hésiterait pas à l'arrêter si sa mère lui faisait part du moindre soupçon. Le problème dans cette région, c'était qu'on ne pouvait jamais être sûr de personne. Le fils pouvait être un sympathisant russe désireux de voir son pays retomber dans le giron de la mère patrie, ou au contraire un fervent nationaliste. D'une manière ou d'une autre, si Brigda trahissait la clause de confidentialité de leur contrat, les versements cesseraient et l'orphelinat serait forcé de fermer, ce qu'Abby ne voulait pas non plus.

Elle écouta jusqu'à ce que la dispute se tarisse. Quelque chose lui disait que Tanov savait qu'Aide internationale n'était qu'une façade pour la CIA. Pourquoi lui aurait-on donné de l'argent pour accueillir une travailleuse humanitaire ? Mais elle se doutait également qu'il s'en fichait.

Elle installa Lana dans sa chaise haute tandis que les onze autres enfants arrivaient en courant de toutes les autres pièces de la ferme.

— Non, non, non. Lavez-vous d'abord les mains, les gronda-t-elle en mimant le geste et en leur montrant l'évier au coin de la pièce.

Ils s'alignèrent, et grimpèrent chacun à leur tour sur la caisse qui leur permettait d'atteindre le robinet et le savon. Puis, un par un, ils passèrent devant Abby pour qu'elle leur essuie les mains. Elle adorait sentir l'insouciance avec laquelle ils lui confiaient leurs petits doigts. Elle aurait voulu n'être là que pour aider l'orphelinat et n'avoir aucune mission secrète qui l'empêchait de dormir.

Brigda n'aurait alors aucune raison de se méfier d'elle et elle n'aurait couru aucun risque de finir en prison pour espionnage.

Les enfants s'installèrent autour de la table et elle embrassa ceux qui se trouvaient le plus près d'elle avant d'enfiler sa veste.

— Qui a faim ? cria gaiement Tanov en entrant dans la pièce, les bras chargés d'assiettes.

Tous les petits levèrent la main en criant et en riant.

— Amuse-toi bien en ville, dit-il ensuite avec malice à Abby, qui haussa les yeux au ciel.

— C'est ça, répondit-elle en boutonnant sa veste avant de ramasser son sac à dos.

— Et pas d'imprudences au volant, conclut-il en posant les assiettes sur la table.

— Tu me connais, répondit-elle, ce n'est pas mon genre. À demain.

Après un dernier sourire, il se tourna vers le petit Leonid, qui était en train de le tirer par la manche.

En tournant la clé de l'épave qui lui servait de voiture, Abby sentit un picotement étrange dans la colonne vertébrale. Elle regarda autour d'elle, dans le soleil couchant, mais ne vit rien, ni mouvement dans la ferme, à part ceux des bêtes, ni dans les champs. Peut-être était-elle mal à l'aise à cause de la conversation qu'elle avait surprise.

Après cinq minutes de route, elle aperçut une autre Škoda, tout aussi décrépite que la sienne, arrêtée sur le bas-côté, le capot ouvert. Elle ralentit. La voiture était sur l'autre voie et il était improbable qu'elle puisse ramener le naufragé chez lui. Elle s'apprêtait à passer sans s'arrêter lorsqu'elle aperçut le conducteur, ou plutôt sa veste. Elle était rouge vif et siglée Médecins sans frontières. Cela décida Abby à se garer. Elle ne pouvait pas abandonner un collègue humanitaire en pleine cambrousse à cette heure avancée.

— Ça va ? s'enquit-elle en français.

— Euh, pas vraiment, répondit l'homme avec un accent prononcé.

— Vous n'êtes pas français, constata-t-elle en descendant de son véhicule.

— Pas le moins du monde. (L'homme se redressa, poussa un soupir et lui tendit la main.) Malone Garrett. Merci de vous être arrêtée.

Elle lui serra la main et regarda le moteur.

— Je peux vous aider ?

Il inclina la tête et la scruta de la tête aux pieds. Lorsqu'il croisa ses yeux, Abby sentit un frisson la parcourir. C'était un mâle, un vrai : mâchoire ferme, yeux très bleus, grand et costaud. Sous la toile de son jean, ses jambes étaient longues et musclées. Elle fut prise d'une envie soudaine de voir ce qu'il cachait sous sa chemise… Sa libido, en sommeil depuis trop longtemps, s'éveilla d'un seul coup et bombarda son corps de messages indésirables. *Bon sang, Abby, reprends-toi !*

— Vous vous y connaissez en mécanique ? demanda-t-il avec un sourire dubitatif.

Je sais faire démarrer une voiture en trafiquant les câbles, siphonner le réservoir, l'empêcher de rouler, la faire exploser et changer les courroies de ventilateur, mais à part ça, pas vraiment.

— Je suis très douée pour conduire les automobilistes en détresse jusqu'à la ville la plus proche, répondit-elle avec innocence.

— Dans ce cas, j'apprécierais beaucoup que vous me rendiez ce service, si cela ne vous fait rien, dit-il en refermant le capot.

Il remonta dans sa voiture, coupa les phares et prit son sac sur le siège du passager.

Abby s'installa au volant et l'observa dans son rétroviseur. Son accent britannique provoquait des réactions étranges en elle. Peut-être cela venait-il du fait qu'elle parlait enfin avec une personne dont l'anglais était la langue maternelle, ou peut-être d'autre chose. Dieu le lui avait-il envoyé parce qu'elle était déterminée à rencontrer quelqu'un ? Ou au moins à avoir un contact physique avec une autre personne ?

Il ouvrit la portière et passa la tête dans la voiture.

— Vous êtes sûre ? Je vous promets que je ne vais pas sortir une hache de mon coffre pour vous massacrer.

Il dit cela avec un sourire si désarmant que l'espace d'une seconde, elle se demanda si ce n'était pas justement ce que dirait un tueur en série. Elle haussa les épaules. Fallait-il qu'elle s'ennuie pour envisager des choses pareilles…

— D'accord. Peut-être devriez-vous vous demander si ce n'est pas moi, la tueuse en série ?

Une ombre passa sur le visage de Garrett et Abby éclata de rire.

— Mais non, je plaisante.

Il s'assit et boucla sa ceinture.

— Est-ce que ce n'est pas exactement ce que dirait un tueur en série ?

— C'est vous qui avez lancé le sujet, rétorqua-t-elle en riant de nouveau. Si ça se trouve, mon arme de prédilection, c'est la petite cuillère, et votre histoire de hache me donne un complexe d'infériorité.

Elle démarra et reprit la route en direction des lumières scintillantes de la ville, à vingt kilomètres de là.

— Parlons d'autre chose, alors, même si je suis sûr que la hache est plus efficace.

Abby ricana.

— Vous n'avez pas vu ce dont je suis capable avec une petite cuillère.

Il éclata d'un rire très viril.

— Et si je vous invitais à dîner pour vous remercier de votre aide ? Vous en profiterez pour me montrer ce que vous savez faire avec des couverts.

— Pourquoi pas ?

Elle se mordit aussitôt la lèvre pour avoir sauté sur cette proposition sans même réfléchir, mais ne put s'empêcher de sourire.

— Qu'est-ce qu'une Américaine peut bien faire au beau milieu de la campagne ukrainienne ? interrogea-t-il en posant son sac entre ses jambes.

— Je travaille dans un orphelinat, à six ou sept kilomètres de l'endroit où vous êtes tombé en panne. Et vous ?

— Je suis technicien pour diverses ONG dans la région. J'ai dû me perdre.

— Probablement. Cette route ne mène qu'à quelques villages isolés et à la Russie. Ce n'est pas très prudent de s'aventurer si près de la frontière.

— Ça ne me fait pas peur. Je suis assez grand pour me débrouiller.

— Même contre une humanitaire inconnue virtuose de la petite cuillère ? demanda-t-elle avec malice.

— Nous verrons bien.

Chapitre 3

— Où voulez-vous que je vous dépose ? s'enquit-elle alors qu'ils arrivaient dans les premiers faubourgs.

— Au meilleur restaurant que vous connaissez. Je n'ai rien mangé depuis ce matin et je suis affamé.

Mal savait pertinemment qu'elle hésitait à accepter son invitation et formula donc sa réponse pour qu'elle ne donne pas matière à discussion.

— Ne vous en faites pas, répondit Abby avec un sourire. Je n'avais pas l'intention de vous abandonner, on va bien aller manger. J'ai hâte de voir ce dont vous êtes capable avec une cuillère. Sincèrement, c'est tout ce que j'ai en tête, mais je me demandais juste si vous ne préféreriez pas aller d'abord à votre hôtel. (Elle fronça les sourcils). Ou bien… attendez, peut-être que vous n'habitez même pas dans cette ville ?

— Si, près du centre, mais j'ai encore un peu de mal à me repérer. Je ne suis là que depuis quelques jours.

Ce qui était plus ou moins vrai, d'ailleurs.

— Dans ce cas, vous devez absolument découvrir la splendeur du bureau de tabac de l'avenue Sébastopol. Il date des années 1980, je crois. Et je ne parle même pas du supermarché qui ne vend que de la vodka et des sardines. Mais à part ça, il n'y a pas grand-chose à faire dans le coin.

Mal éclata de rire. Abby se révélait aussi amusante que ce qu'il avait entrevu la veille. Elle n'avait plus rien à voir avec l'image qu'il s'était forgée d'elle depuis trois semaines.

— Donc en résumé, la ville n'est pas géniale ?

— Elle n'est pas si mal, en fait. Les gens sont sympas et on trouve tout ce dont on a besoin, à condition de ne pas être trop compliqué.

— Merci pour le topo, répondit-il en regardant dans la nuit.

L'endroit était dans l'obscurité complète, ce qui était bon à savoir. Il se serait cru en pleine mer.

— Vous êtes ici pour combien de temps ? demanda-t-elle en mettant son clignotant alors qu'elle avait déjà bien engagé son virage dans une large avenue bien éclairée et bordée d'arbres.

Aussi longtemps que toi, je pense.

— Je ne sais pas encore. Tout dépend de mon patron. Et vous ?

Ils s'arrêtèrent devant ce qui semblait être une ancienne boutique de machines à coudre.

— Idem, répondit-elle en coupant le moteur.

— C'est ici ?

Il avait beau tourner la tête de tous les côtés, il ne voyait rien qui ressemblait de près ni de loin à un restaurant.

— Faites-moi confiance. Par ici, quand on veut quelque chose, il faut faire l'effort de le trouver.

Elle glissa les mains dans les poches de son jean. Avec ses longs cheveux bruns un peu défaits, cela lui donnait un air sexy à damner un saint.

À le damner pour l'éternité, même. Il savait que cette rencontre était une mauvaise idée. Il aurait dû se douter que la jeune femme lui plairait.

— Je vous suis, dit-il.

— Vous êtes très confiant, rétorqua-t-elle en s'engageant dans une ruelle. Je pourrais vous mener tout droit dans un antre de mafieux ou de terroristes.

— Franchement, j'ai si faim que tant qu'ils me donnent à manger, je m'en fiche.

Le petit rire qu'il reçut en réponse lui fit très plaisir.

Au bout de la ruelle se trouvait une porte en métal ornée d'une plaque minuscule gravée en lettres cyrilliques. Abby ouvrit la porte et s'engagea dans l'escalier. Et si, en effet, elle cherchait à le piéger ?

Une fois au deuxième étage, il entendit des voix ainsi que des bruits de verres et d'assiettes. Abby ouvrit une seconde porte et s'écarta pour le laisser passer.

— Comment avez-vous réussi à dénicher cet endroit ? demanda-t-il en riant.

En dépit de l'aspect peu engageant de l'extérieur, la pièce était agencée comme un chalet alpin. Tout le décor était en bois, du plancher au plafond en passant par les murs, les tables et les bancs. Les odeurs de nourriture et de bière étaient très alléchantes. Depuis son arrivée, il ne se nourrissait que de cochonneries achetées au distributeur de la gare.

— C'est le propriétaire de l'orphelinat qui me l'a recommandé. Il y venait très souvent à une époque. Hans, le patron, a repris le flambeau après son père et son grand-père. Hors de la ville, personne ne connaît ce restaurant, et cela lui convient très bien.

L'homme qui se tenait derrière le bar avait tout à fait la tête à s'appeler Hans : grand et large, avec des mains comme des poêles à frire.

Abby leva la main pour attirer son attention, puis désigna une table libre. Hans hocha la tête sans quitter Mal des yeux.

— Vous allez avoir des ennuis pour avoir amené un inconnu ? s'enquit-il en s'installant en face d'elle.

— C'est probable, mais j'aime vivre dangereusement.

Elle sourit, ôta sa veste en cuir et frissonna.

— C'est curieux à quel point il peut faire froid aussi tôt dans l'année, non ?

— Gardez votre veste, alors, répondit-il en se demandant ce qu'elle craignait qu'il lui arrive.

— Les plats sont chauds. Très chauds, faites-moi confiance.

— Je ne sais pas pourquoi je vous fais confiance depuis le début, mais ce n'est pas grave. Je m'en remets à vous jusqu'à la fin de la soirée.

Bon sang, pourquoi avait-il dit cela ?

— C'est bon à savoir, Malone. C'est bon à savoir, répéta-t-elle en s'adossant confortablement à sa chaise. C'est quoi, votre métier, déjà ? Vous êtes là depuis quand et vous venez d'où ?

— Waouh ! Vous travaillez pour l'Inquisition espagnole, ou quoi ?

Elle rit et rejeta la tête en arrière, ce qui ne fit que mettre en valeur la belle peau crémeuse de son cou. Il se demandait quel pouvait être son parfum.

Son goût. *Putain, Mal! C'est la fille de Baston. Vas-y mollo.*

Hans s'approcha de la table pour y déposer deux bières et deux petits verres de vodka.

— Raclette ? demanda-t-il.

— Volontiers, acquiesça Abby. Hans, je vous présente mon frère Malone.

Hein ? C'est quoi, ce bordel ? Il chercha dans son répertoire un accent américain semblable à celui de Baston.

— Enchanté, déclara-t-il en se levant pour lui tendre la main.

Avec un large sourire, Hans la lui serra.

— Moi de même. Soyez le bienvenu, monsieur.

— Merci, répondit Mal en se rasseyant tandis que Hans repartait. Vous m'expliquez ?

Abby haussa les épaules.

— Hans est adorable et il m'aime bien. Je n'avais pas envie de lui dire que j'avais ramassé un inconnu au bord de la route pour l'amener dans son restaurant. Ça l'aurait inquiété. Comme ça, il est content.

Mal ne pouvait qu'admirer sa capacité d'adaptation.

— Vous mentez vraiment bien, dites-moi. C'est sorti tout seul, sans la moindre hésitation. Vous ne seriez pas une sociopathe, par hasard ?

Elle avala son verre de vodka d'une traite, aussi facilement que de l'eau.

— Je ne sais pas, je n'ai jamais été diagnostiquée. C'est possible, ajouta-t-elle en s'attaquant à sa bière mousseuse. Mais vous n'êtes pas en reste : vous avez trouvé le bon accent en un clin d'œil. Bien joué, au fait. Vous êtes sûr que vous n'êtes pas un Américain qui veut se donner du charme en jouant les Anglais mystérieux ?

Il rit et avala une longue gorgée de bière, reposa sa chope et entrecroisa les doigts sur la table.

— Alors, comme ça, je suis mystérieux et sexy ?

— Je n'ai pas dit sexy.

— Mais c'est ce que vous sous-entendiez.

Il jouait avec le feu et il le savait. Elle était excitante, intelligente et amusante. Pourquoi n'aurait-il pas le droit de s'amuser un peu, après tout ? *À cause de Baston.*

Leurs plats arrivèrent avant qu'elle ait eu le temps de répondre. Il avait moins faim qu'il ne l'avait laissé entendre, mais l'eau lui vint à la bouche lorsqu'il vit ce que Hans leur servait : un enchevêtrement de pain blanc, de charcuterie et de pommes de terre fumantes, accompagné d'un appareil qu'il ne connaissait pas.

— Un outil de torture ? questionna-t-il.

— Nous afons les moyens de vous vaire barler, répondit-elle avec un accent digne d'un agent de la Gestapo. C'est pour faire fondre le fromage. Regardez.

Hans revint avec un demi-fromage qu'il empala sur un pic, lequel tournait autour d'une grille chauffante.

— *Smačnoho*, dit Hans avant de partir s'occuper d'une autre table.

— *Diakuju*, le remercia Abby.

Elle plaça ensuite une pomme de terre, une tranche de charcuterie et un cornichon dans son assiette, y versa du fromage fondu et commença à manger, mais arrêta sa fourchette au bord de ses lèvres.

— Je croyais que vous aviez faim ?

Elle inséra la nourriture dans sa bouche et savoura en fermant les paupières.

— Oh que oui, répondit-il, le regard rivé sur ses lèvres.

Ferme-la. Mais ferme-la, putain !

Elle fit signe à Hans d'apporter plus de vodka et continua à manger.

Mal suivit son exemple et, dès sa première bouchée, comprit pourquoi elle avait fermé les yeux.

— Comment est-il possible que je n'aie jamais mangé ça ? demanda-t-il.

— Hmm, répondit Abby en s'essuyant les lèvres avec sa serviette. Vous étiez un enfant pauvre et plutôt effacé. Vous n'avez jamais fait de vagues jusqu'au jour où vous vous êtes retrouvé dans une institution. Chez les scouts ? Dans un internat ? En centre de détention pour jeunes délinquants ? À l'armée ? Bref, dès votre arrivée, vous avez fait une allergie aux règles et vous vous êtes fait un devoir de ne pas les respecter. Vous n'avez jamais rien fait de conventionnel du genre vous mettre en couple, partir en vacances, aller aux sports d'hiver ou manger de la raclette parce que être dans la norme vous semble étouffant. Vous êtes un loup solitaire, destiné à errer dans la solitude. Ou bien vous n'êtes jamais allé dans les Alpes, tout simplement.

Il faillit s'étouffer. Elle avait vu juste sur presque tous les sujets. *Presque tous.*

— Mon Dieu, je n'en reviens pas. Vous méritez un zéro pointé. Je me disais que vous tomberiez au moins sur un truc, ne serait-ce que par chance, mais bien essayé, la félicita-t-il en levant son verre pour trinquer.

— C'est bizarre. Je suis persuadée que si je dis ça à tous les hommes que je rencontre, je finirai bien par avoir raison au moins une fois. Vous n'êtes pas le bon numéro, j'imagine.

Mal aurait juré qu'elle disait cela avec un sourire séducteur, comme si elle avait une pensée inavouable en tête. Mais peut-être prenait-il ses désirs pour la réalité ?

Il ne la draguerait pas, mais si elle prenait l'initiative, il décida qu'il se laisserait faire. Il ne savait pas ce qu'il espérait, mais il savait très bien ce que voulait son corps. Ils mangèrent en silence pendant quelques minutes, puis, repu, il reposa sa fourchette et s'accouda sur la table.

— Parlez-moi de vous. Où trouvez-vous le courage de prendre un inconnu dans votre voiture à la tombée de la nuit dans un pays étranger ? Vous êtes suicidaire, peut-être ?

Il recula pour s'adosser à sa chaise et faillit pousser un grognement tellement son ventre était plein.

Elle avala une petite gorgée de vodka et repoussa son assiette.

— Aider les gens dans le besoin, ça crée un bon karma. Vous n'êtes pas de cet avis ?

— Pas vraiment, non. Sauf si je les connais et qu'il y a une bonne raison, répondit-il franchement.

— Waouh ! Vous avez le cœur plutôt dur, non ? demanda-t-elle avec un sourire.

— Qui a envie d'avoir une réputation de cœur tendre ? Cela dit, je dois reconnaître que je suis en admiration devant la beauté de votre… cœur.

Il sourit et Abby faillit s'étouffer avec sa bière.

— Vous trouverez quelqu'un pour réparer votre voiture demain matin ? reprit-elle après s'être éclairci la voix.

— Je crois avoir vu un garage ce matin en sortant de la ville. Je m'y rendrai demain, ce n'est pas pressé.

— Vu comme vous vous moquez de mon cœur tendre, ne comptez pas sur moi pour vous y emmener, débrouillez-vous tout seul. Vous en voulez un autre ? demanda-t-elle en finissant son verre.

Il avala le reste de sa vodka et s'apprêtait à répondre « oui » lorsqu'elle le devança.

— Chez toi ou chez moi ?

Cette fois-ci, ce fut lui qui s'étouffa.

Abby éclata d'un rire victorieux et profond qui semblait venir droit de son âme. *De son âme ?* Mal regarda son verre. L'alcool devait être plus fort qu'il ne l'avait cru.

— Tu es partant ? insista-t-elle.

— Partant pour quoi ?

Il était toujours en train d'essayer de se racler la gorge, brûlée par la vodka, et de suivre la tournure inattendue que venait de prendre la soirée.

Abby déposa plusieurs billets sur la table et enfila son manteau.

— Si tu ne sais pas, ça fait office de réponse.

Le temps qu'il recouvre ses esprits, elle était déjà à la porte. Si elle lui proposait ce qu'il avait cru comprendre, vu la promesse qu'il s'était faite un peu plus tôt, alors il avait le droit de coucher avec elle sans se soucier des répercussions. Le destin le poussait dans ses bras, cela ne faisait aucun doute.

— Attends, dit-il une fois la porte refermée derrière eux. Mettons que je sache.

Elle se retourna et colla presque son visage au sien.

— Allons chez toi.

Il l'embrassa en l'écrasant contre la porte en métal, se régalant de la brûlure de la vodka dans sa bouche. Abby lui frôla les lèvres avec la langue et l'univers vacilla autour de lui. Mal se retira en laissant sa bouche à quelques millimètres de la figure de la jeune femme.

— Je n'aime pas qu'on envahisse mon espace personnel. Allons chez toi.

C'était vrai, mais il voulait surtout éviter qu'elle ne découvre le matériel de surveillance braqué sur ses fenêtres.

— Moi non plus, je n'aime pas ça.

Ils gardèrent le silence pendant quelques secondes. Abby ouvrit la bouche pour parler, mais au même moment, une famille sortit du restaurant. Mal s'écarta d'un bond, comprenant que si on le voyait embrasser sa sœur à pleine bouche avec une érection de la taille de Big Ben, cela ne ferait pas bonne impression.

— Viens, dit-elle en s'engageant dans l'escalier en métal menant au toit.

Cela lui convenait parfaitement.

Chapitre 4

Pour Abby, c'était comme si tous ses rêves devenaient réalité. Elle était en grand manque de compagnie, et cet homme, si beau, si grand, à l'odeur si attirante, musquée et mâle… Elle le désirait depuis les premières minutes et ce sentiment n'avait cessé de croître pendant le repas, lorsqu'il rompait le pain avec ses mains musclées et lui parlait avec son accent britannique à la James Bond.

Elle le voulait, purement et simplement. Là, tout de suite, sans penser à l'avenir. Il représentait la distraction idéale, l'amant de passage par excellence. Il embrassait comme un dieu et elle était prête à parier que ses talents ne s'arrêtaient pas là. Elle ne savait pas si c'était à cause de lui ou de l'alcool, mais elle avait les genoux en coton et une envie impérieuse de lui. Et ensuite, elle n'aurait même pas à le revoir.

Abby ouvrit la porte du toit, où Hans installait des tables lorsque la température était plus clémente.

Il n'y avait rien pour s'asseoir, à part le muret d'enceinte.

Elle s'immobilisa pour admirer la vue, mais il la prit aussitôt par le bras et la fit pivoter avant de l'embrasser goulûment. Elle ouvrit la bouche, gagnée par le même désir insatiable. La langue de Mal la torturait avec une détermination implacable et Abby, pantelante, le serrait de toutes ses forces contre lui.

Elle avait besoin de cette sauvagerie, de cette libération, d'un semblant de proximité humaine. Il lui tira la tête en arrière par les cheveux, et elle gémit en sentant qu'il lui mordillait et suçotait le cou. Malgré le froid, elle ôta sa veste, étouffée par la chaleur qui émanait de tout son corps.

— Tu es super baisable, tu le sais ? dit-il d'une voix rauque. J'ai hâte d'être en toi et de te regarder dans les yeux quand je te ferai jouir.

En plus, il disait des cochonneries. Abby sentit ses hormones passer la surmultipliée. Mal l'attira de nouveau sans ménagement contre sa bouche, recommença à l'embrasser et passa la main sous son tee-shirt. Elle recula et leva les bras pour qu'il puisse le lui enlever. Il la souleva alors et elle l'entoura de ses jambes. Mal descendit la bouche jusqu'à son téton, qu'il mordilla et suça à travers son soutien-gorge.

Abby frissonna alors et il la reposa.

— Tu as froid ? interrogea-t-il.

Ça ne risque pas. Elle dégrafa son soutien-gorge, désireuse qu'il la voie nue. Les yeux de Mal, brillants de désir, faisaient naître un nœud dans son estomac.

— Bon Dieu, ce que tu es belle !

Il avala sa salive et l'attira contre lui. Cette fois-ci, il lui mordilla les seins jusqu'à ce que ses tétons durcissent au point de palpiter dans l'air glacial.

Sans rien lui demander, il ouvrit violemment le jean d'Abby et le lui baissa jusqu'aux cuisses, puis plongea la main entre ses jambes. Ses larges doigts commencèrent à explorer son intimité.

— Tu es toute mouillée. Depuis quand ?

— Depuis le début du repas, avoua-t-elle, désireuse de tout lui dire. Je savais déjà que je te voulais et la couture de mon pantalon était idéalement placée pour exercer une pression à cet endroit…

Il grogna et ses doigts continuèrent leur ballet intime. Il s'appuya contre son clitoris et elle se frotta contre lui pour augmenter la friction tout en ouvrant son pantalon. Il ne portait pas de caleçon et son sexe était déjà dur comme du granit.

— Tu as une capote ? demanda-t-elle en le caressant. Sinon, je…

— Ouais, j'en ai une, grogna-t-il alors qu'elle serrait son gland entre ses doigts.

Elle ne pouvait plus attendre.

— Je veux te sentir en moi.

Elle se pencha pour faire descendre le jean et en profita pour prendre son sexe dans sa bouche. Aussitôt, Mal se figea.

— Je vais jouir si tu continues. Si tu veux qu'on baise, tu ferais mieux de remonter.

Abby se redressa, lui tourna le dos et posa les mains contre le mur. Mal lui caressa lentement le dos, de la nuque aux fesses, puis la pénétra d'un coup sec. La jeune femme sursauta, surprise de se sentir à ce point empalée. Elle gémit, le corps brûlant, lorsqu'il entama ses coups de reins. Mal l'attira contre lui, un bras sur ses seins et l'autre autour de ses hanches pour lui caresser le clitoris.

L'orgasme d'Abby naquit au creux de son ventre et se mit à grossir en vagues toujours plus fortes. Ses tétons et son clitoris semblaient palpiter au rythme des doigts de Mal.

— Mon Dieu, murmura-t-elle avant de se laisser entraîner par les spasmes du plaisir.

Mal, abandonnant toute maîtrise, jouit en même temps avec une intensité qui le fit rugir.

Dès que la chaleur de son corps commença à se dissiper, elle attendit, résignée, que la honte prenne le dessus. Elle se rhabilla sans faire attention à Mal. Une fois prête, elle se redressa et le regarda dans les yeux. Remarquant sa confusion, elle ne put retenir un sourire, puis se rendit compte qu'elle ne ressentait pas la moindre honte.

— Merci, j'en avais besoin, déclara-t-elle, regrettant presque de ne pas être gênée.

— Heureux d'avoir pu te rendre service, répondit-il, dérouté.

— Tu retrouveras le chemin de ton hôtel ? demanda-t-elle une fois à la porte.

Pourquoi n'éprouvait-elle rien de plus qu'une sensation de satiété, de calme et de… paix intérieure ? Devait-elle rester ? Discuter un peu avec lui ? C'était envisageable, mais en partant sans attendre, elle garderait un souvenir parfait de lui. Elle ne voulait pas gâcher ce moment en découvrant que Mal était un abruti ou, pire, un fan des New York Yankees. Elle s'arrêta et lui sourit, pour achever d'immortaliser cet instant. Mal s'approcha d'elle.

— Euh, écoute, tu es sûre que…

Elle posa un doigt sur ses lèvres puis y déposa un baiser furtif.

— Salut.

Aussitôt, elle claqua la porte derrière elle et s'engagea dans l'escalier en courant le plus silencieusement possible. Elle ne voulait pas qu'il croie qu'elle fuyait, même si c'était le cas, et elle préférait ne pas attirer l'attention de Hans. Une fois dans la ruelle, elle vérifia que sa voiture était garée correctement puis continua d'un pas rapide.

Arrivée au coin de la rue, elle prit une inspiration, profonde et mal assurée. Elle n'éprouvait toujours pas la moindre honte.

Quelques minutes plus tard, elle arrivait à son immeuble et aperçut son sourire béat dans le reflet de la porte vitrée.

— Eh ben, ça n'a pas traîné, murmura Mal.

Il ne savait pas combien de temps il était resté seul sur le toit à regarder la porte et le mur contre lequel il venait de lui faire l'amour.

La réalité reprit soudain le dessus. Il venait de sauter la fille de son patron, qu'il était censé protéger, avant de la laisser repartir seule en pleine nuit. *Bien joué, gros naze.*

Mais il ne bougea pas pour autant. Il observa de nouveau le toit en se demandant s'il n'avait pas été victime d'une hallucination. Elle avait peut-être versé quelque chose dans sa bière… ou bien il venait de se faire séduire, puis abandonner, par une femme qu'il n'était pas censé avoir.

Qu'il ne voulait pas avoir.

Il courut à la porte, espérant au moins arriver à temps chez lui pour vérifier qu'elle était rentrée sans encombre. Bon sang, qu'avait-il fait ? Devait-il essayer de la revoir ? Entamer une véritable relation ? Que voulait-elle ?

Et surtout, pourquoi s'inquiétait-il de ce qu'elle pouvait bien vouloir ? C'était la première fois qu'une telle chose lui arrivait. Il était même rare qu'il revoie deux fois la même femme. Il mettait toujours les choses au point dès le départ pour ne pas engendrer de faux espoirs. Il fallait un talent particulier pour trouver des partenaires qui acceptent une nuit sans lendemain. Il courait toujours le risque de tomber sur une rancunière prête à s'introduire chez lui par effraction et à brûler tous ses vêtements.

Mais cela ne lui était jamais arrivé. Il couchait avec elles, mais sans leur manquer de respect. Il ne leur mentait pas et s'assurait qu'elles avaient toujours le sourire quand il repartait. Il se considérait comme une sorte de père Noël de la bagatelle. Il n'apportait que la joie et le bonheur.

Ce qui n'était pas le cas d'Abby. Elle s'était servie de lui avant de le jeter comme un vieux mouchoir, ce qui le prenait totalement de court. Lorsqu'il regagna son appartement, il était remis de son choc. Il regarda dans sa caméra et constata qu'une lampe était allumée derrière les rideaux tirés d'Abby. Il vit son ombre passer de pièce en pièce, puis la lumière s'éteignit.

Il soupira. Au moins, elle était rentrée chez elle sans mésaventure et il ne l'avait pas mise en danger. Il s'assit sur son matelas et prit son PC sur ses genoux.

RAPPORT D'ACTIVITÉ BARRACKS SECURITY
Agent: Malone Garrett
Cible: Abigail Baston
Compte-rendu du jour: Elle a pris en stop un travailleur humanitaire dont la voiture était tombée en panne. Ils ont dîné ensemble puis elle est rentrée seule. Interruption de son train-train. Impatient de voir s'il va reprendre demain.
Date de rédaction: J'attends votre appel.

Chapitre 5

Abby se réveilla avec un sentiment de calme et de relaxation. Tout son stress semblait s'être envolé par la fenêtre de sa chambre. L'histoire de Peter Pan inversée, en quelque sorte. Elle s'étira et se remémora sa soirée.

— Malone, dit-elle comme s'il s'agissait d'un nom aux étranges consonances exotiques. Malone.

Elle gloussa de rire. Elle s'était montrée si délurée, et cela avait été si bon. Elle regrettait presque de ne plus pouvoir le revoir et se demandait ce que leur étreinte aurait donné dans un lit, avec tout le temps devant eux. Instinctivement, elle porta la main à son entrejambe et appuya les doigts contre son clitoris tout en revivant son orgasme.

Tout à coup, elle revint à la réalité. C'était le jour du changement des batteries. Elle soupira. Elle était décidément tombée très bas pour qu'un événement aussi anodin soit une source d'excitation dans sa vie. D'accord, il ne s'agissait pas de batteries ordinaires et elle allait devoir traverser illégalement la frontière, mais tout de même…

Lorsqu'elle monta en voiture, l'odeur de Malone y était toujours présente. Durant toute la route, elle ne cessa de repenser à la nuit précédente. La manière dont il lui avait parlé, l'humour dans son regard, puis le toit… Au prix d'un effort surhumain, elle ouvrit sa fenêtre pour faire disparaître le parfum de Malone, ce qui lui permit de reprendre ses esprits. Lorsqu'elle arriva à l'orphelinat, elle avait même trouvé le moyen de changer les batteries sans se faire prendre : c'était la journée idéale pour jouer avec les enfants dans l'un des champs de la ferme. Brigda se méfierait, mais elle ne pourrait pas les voir.

Sous l'œil désapprobateur de l'Ukrainienne, Abby aida les petits à enfiler leur manteau puis les mena en file indienne hors de vue de la ferme. Ils étaient si mignons à se tenir la main l'un derrière l'autre, bien emmitouflés pour résister au froid sec du matin.

Tout en leur apprenant une comptine en anglais, elle alluma l'appareil de localisation des capteurs enterrés dont il fallait changer les batteries. L'écran en montrait trois dans le voisinage.

— Continuez, dit-elle aux enfants, que la comptine rendait hilares.

La petite Lana riait tellement qu'elle tomba en avant. Comme elle était engoncée dans son énorme manteau, Abby dut la faire rouler sur le ventre pour l'aider à se relever.

Dix minutes plus tard, elle avait déterré les trois capteurs et changé leurs batteries avant de les camoufler de nouveau. Elles étaient censées durer douze mois, mais avant son départ, l'une de ses collègues lui avait dit que le froid réduisait parfois leur autonomie. L'hiver n'était pas encore vraiment là, mais Abby préférait ne prendre aucun risque.

Les capteurs alerteraient la CIA si quelqu'un essayait de traverser la frontière, qui, dans cette zone, était matérialisée par une simple haie. Ce serait ensuite à elle, et à elle seule, de vérifier l'identité du ou des intrus, qu'il s'agisse d'un troupeau de vaches, d'un agriculteur ou de chars russes. Dans ce dernier cas, si Abby parvenait à les identifier officiellement, les forces de l'OTAN prendraient le relais. Personne ne désirait une Troisième Guerre mondiale, mais si cela devait arriver, Abby ne voulait pas que ce soit à cause d'une batterie défaillante.

Il lui en restait trois autres à localiser. Elle posa son sac et s'assit dans l'herbe trempée par la rosée pour jouer avec les enfants, qui lui sautaient par-dessus. Dimitri et Karlov étaient assez gros pour lui couper le souffle chaque fois qu'ils lui atterrissaient dessus, ce qui ne faisait qu'attiser leur désir de recommencer. Elle riait de bon cœur, nostalgique de l'innocence de l'enfance. Ces petits orphelins connaissaient un départ très difficile dans la vie, mais ils avaient au moins la chance que Tanov et Brigda s'occupent d'eux.

Elle s'allongea et laissa deux autres enfants enrouler de longs brins d'herbe dans ses cheveux. Brigda représentait-elle une menace ? Abby ne voyait vraiment pas pourquoi elle se montrait si hostile, si ce n'était le fait qu'elle considérait comme un risque la présence d'une Américaine si près de la frontière russe. Mais Abby ne serait un danger que si Brigda la dénonçait...

Elle déplaça sa petite troupe dans le champ suivant, qui était lui aussi invisible de la ferme, et ralluma son détecteur. Les trois derniers capteurs se trouvaient le long de la haie, en « V ». Il y en avait d'autres dans les champs environnants, mais leurs batteries avaient été changées avant son arrivée.

Elle apprit une nouvelle comptine aux petits, qu'elle connaissait de l'une de ses belles-mères. La gestuelle était particulière : deux bambins formaient une arche avec les bras et les autres devaient se hâter de passer sous l'arche avant que celle-ci se referme lors de la dernière rime. Les voyant bien occupés, elle partit à la recherche des derniers capteurs.

Mal se dit qu'il était en train d'halluciner et se demanda si ce n'était pas à cause de ce qui s'était passé la nuit précédente. Il n'avait pas entendu cette comptine depuis la maternelle et il ne comprenait pas pourquoi elle était chantée au beau milieu de la campagne ukrainienne, où l'on ne croisait que des locaux ou des Américains. Et Hans, qui devait être suisse.

C'était une chanson assez effrayante, digne de figurer dans un film d'horreur à petit budget, et il était bien forcé d'admettre qu'elle lui faisait peur. Grâce à ses jumelles, il voyait Abby en train de creuser dans un champ, un petit appareil électronique à la main. Il aperçut alors le sommet du crâne d'un enfant, qui était en train de bondir dans l'herbe, et il comprit qu'elle avait emmené les petits orphelins avec elle. À quoi jouait-elle donc ? Il ne pouvait pas se rapprocher, au risque qu'elle le remarque. En tout cas, son activité ne semblait pas vraiment en rapport avec l'orphelinat… à moins que les propriétaires n'aient installé un périmètre de sécurité ? C'était une possibilité.

C'était un mystère, mais tant qu'il avait Abby sous les yeux, il s'en fichait. Elle ne lui avait jamais paru aussi rayonnante et il se demandait s'il y était pour quelque chose. Il avait passé la journée à réfléchir à ce qui s'était produit entre eux. C'était la première fois qu'il sautait une fille – sur un toit, qui plus est – et qu'il la laissait partir sans explication. Il avait au moins la décence d'inviter ses conquêtes, de s'enquérir de leurs besoins et de s'assurer qu'elles ne cherchaient ni petit copain, ni même un ami avant de passer à l'action. Il n'était pas non plus un fervent adepte des relations sexuelles entre amis et se méfiait toujours des femmes qui lui proposaient ce genre de chose.

Son téléphone vibra. *Baston.*

— Garrett.

— Qui est l'homme avec qui elle a dîné hier soir ? interrogea son patron sans préambule.

Et merde ! Dès le réveil, il avait regretté le rapport qu'il avait rédigé la veille. Pourquoi ne s'était-il pas contenté de dire qu'il n'y avait rien de nouveau ? Il aurait dû le sentir arriver.

— Je ne l'avais jamais vu, mentit-il en s'allongeant sur l'herbe et en fermant les yeux. J'étais avec elle du début à la fin. Elle ne risquait rien.

Baston réfléchit pendant plusieurs secondes.

— OK, tenez-moi informé. Si elle le revoit, je veux un topo complet sur lui, c'est compris ? aboya Baston.

— Bien reçu.

Elle ne le reverra pas.

Son patron raccrocha. Mal regarda son téléphone et poussa un grognement. Au moins, la situation était réglée. Il ne la reverrait pas, ce qui lui épargnerait d'avoir à inventer un CV imaginaire.

Il se retourna sur le ventre et pointa de nouveau ses jumelles sur Abby. Il la chercha pendant quelques secondes, puis la retrouva. À cause du grossissement, il avait l'impression qu'elle se tenait juste devant lui. Il s'aplatit contre le sol en espérant qu'elle ne le repérerait pas, car elle venait de s'engager sur le chemin du retour.

Retenant son souffle, il l'observa passer à peine à trois mètres de lui. Elle avait le regard fixé sur le sol et tenait plusieurs enfants par la main. Cette scène était charmante. Soudain, l'un des petits tourna la tête et le regarda droit dans les yeux. Mal se figea. Pourquoi avait-il levé la tête ? Il aurait dû rester plaqué contre le sol jusqu'à ce qu'elle soit loin.

Le garçon cligna plusieurs fois de ses yeux bleu clair, lui adressa un immense sourire édenté, puis repartit en trottinant pour rattraper Abby.

Mal se laissa retomber. Cela lui apprendrait à faire n'importe quoi. Il aurait dû s'en tenir à la procédure habituelle. Il était là pour la protéger, par pour découvrir tous ses secrets. Une petite voix intérieure lui suggéra que s'il les connaissait, il serait en mesure de mieux la protéger, mais il n'était pas dupe. C'était cette même petite voix qui l'avait poussé à la délinquance dans les rues de Londres dès l'âge de quatorze ans.

Il se recoucha sur le dos dans l'herbe humide, les jumelles sur le torse, et soupira. Allait-il retomber dans les griffes de ce démon intérieur ? Se laisser piéger ? Ou bien allait-il favoriser son emploi et sa relation avec son patron, le seul homme capable de le supporter, et se soumettre à la raison ?

Abby claqua la porte de la ferme derrière elle et Mal sursauta. De là où il était, il ne voyait que le toit du bâtiment, il pouvait donc retourner à son véhicule sans risque d'être repéré. Le vent s'était levé et la température avait chuté de plusieurs degrés pendant l'heure qu'il avait passée allongé dans l'herbe. Le froid était mordant et des flocons commençaient à voleter. Le temps avait changé à une vitesse époustouflante. Mal s'engouffra dans sa voiture en frissonnant, puis éclata de rire.

Depuis qu'il avait quitté les SAS, les forces spéciales britanniques dont les Delta Force américains s'étaient inspirés, il était devenu une véritable femmelette. Dans le cadre d'une mission, il avait passé une semaine entière dans une forêt pendant une tempête de neige, dans un froid polaire. Chaque jour, il devait faire chauffer de l'eau et y tremper ses doigts pour être en mesure de se servir de ses armes. Après dix ans de service, il s'était reconverti dans le privé et travaillait pour Baston depuis deux ans. Il se demandait s'il était encore capable de vivre à la dure comme à sa grande époque.

Baston savait que Mal était d'un caractère difficile et que son passé était obscur, mais l'un des anciens chefs de Mal lui avait dit que beaucoup de ses collègues du SAS s'étaient engagés dans l'armée régulière après son départ du groupe, car ils craignaient de s'engager dans des missions sans que Mal soit là en soutien. C'était la seule raison pour laquelle Baston l'avait embauché, et c'était aussi pourquoi il l'avait choisi pour protéger sa fille. C'était ce qu'il avait raconté à Mal, mais ce dernier n'était pas sûr de le croire.

Il éprouva une pointe de regret pour ce qui s'était passé la veille. Comment Baston réagirait-il s'il apprenait que la seule protection qu'il avait apportée à sa fille était un préservatif ? Décidément, il fallait qu'il se reprenne.

Jusque-là, il n'avait jamais éprouvé la moindre difficulté à s'éloigner des femmes ; il avait été formé à les quitter sans se retourner. Dans son métier, il était capital de savoir compartimenter les choses, ce qui impliquait de ne jamais tisser aucune attache. Mais avec Abby… les apparences étaient trompeuses. Sa vie semblait assommante au possible, mais elle-même ne l'était pas du tout.

Peut-être ne souhaitait-elle pas le revoir de toute façon, ce qui rendait ce débat inutile. En règle générale, les personnes normales – hommes comme femmes – ne voulaient pas le voir une seconde fois. Que ce soit dans la sphère professionnelle ou privée, il répondait à un besoin. Un besoin spécifique que les gens ne demandaient qu'à oublier une fois qu'il était comblé. Mais Abby n'avait rien de normal.

Ou bien s'agissait-il de sa petite voix, qui tentait une nouvelle fois de l'écarter du droit chemin ?

Chapitre 6

Abby ne put s'empêcher de ralentir lorsqu'elle passa devant le virage où elle avait fait monter Malone la veille. Sa voiture n'était plus là, ce qui voulait dire qu'il avait trouvé de l'aide. Elle s'était brièvement demandé ce qu'elle ferait s'il se tenait là de nouveau et s'était décidée pour la seule solution envisageable : elle aurait continué sans s'arrêter.

Probablement, en tout cas. C'était la seule chose à faire. Les agents de terrain de la CIA devaient suivre une procédure stricte pour tout ce qui touchait aux relations intimes : si elles étaient un tant soit peu sérieuses, elles devaient faire l'objet d'un rapport. Jusque-là, elle n'avait jamais dû en rédiger et elle comptait bien rester dans cette voie.

Alors qu'elle approchait des faubourgs de la ville, son téléphone satellite sonna. Par habitude, elle leva la tête pour regarder les étoiles. L'appareil qu'on lui avait octroyé était loin d'être dernier cri. Contrairement à ce que laissaient croire les séries, les espions devaient se contenter des technologies les moins onéreuses. Son téléphone, par exemple, ne fonctionnait que lorsque le ciel était clair. Cette pingrerie de la direction envers les agents de terrain lui avait toujours paru un peu insultante.

— Baston à l'appareil, dit-elle en se garant sur le bas-côté.

— Salut, ma belle, répondit une voix qu'elle connaissait bien.

Il s'agissait de son amie Kate, employée au bureau russe de Langley et chargée de tenir les agents de terrain au courant des dernières informations dont elle disposait, mais parfois ses appels avaient plus à voir avec sa vie sentimentale.

— Kate. Quoi de neuf? s'enquit Abby en souriant.

— Je sors avec un technicien météo que je viens de rencontrer. Il m'a dit que tu avais quelques heures de temps clair avant l'arrivée de la neige, donc j'en ai profité pour prendre de tes nouvelles.

— Ne me dis pas que tu as révélé ma localisation à ton nouveau fiancé, l'admonesta-t-elle pour rire.

— Qu'est-ce que tu veux, il est plus haut placé que moi, donc…

Elle ne termina pas sa phrase, probablement distraite par les allées et venues à côté de son poste. Abby l'avait vue à l'œuvre à de nombreuses reprises.

— Ne me dis rien. Un type en bel uniforme vient de passer devant toi.

— La vache, t'es une espionne ou quoi ? répliqua gaiement Kate. Bref, une grosse tempête de neige va s'abattre sur la région, donc je voulais vérifier que tu avais tout ce dont tu avais besoin.

— Oui, pas de problème.

— C'est le premier hiver que tu passes là-bas. Quand le sol est couvert de neige, les mouvements de troupes sont plus difficiles à suivre, surtout si les hommes et le matériel sont camouflés en blanc. Nos satellites à détection thermique ne sont pas très efficaces dans l'hiver sibérien.

— Sans blague.

L'équipement miteux avec lequel elles devaient travailler était un vieux sujet de discussion entre les deux jeunes femmes, mais Abby ressentit une pointe d'excitation.

— Tu crois que ça va bouger ? reprit-elle. Tu as entendu des rumeurs ?

— Pas la moindre, donc inutile de te mettre en alerte nucléaire. Tu vas juste être isolée et injoignable pendant quelque temps. Ouvre bien les yeux et ne prends pas de risques, d'accord ? Donne de tes nouvelles quand tu le peux, même par e-mail.

Quelques années plus tôt, elles avaient mis au point un protocole de secours au cas où le système de communication cryptée serait hors service ou inaccessible. Kate avait établi plus ou moins la même procédure avec tous les agents de la région. Ce n'était pas franchement légal, mais lorsqu'on se trouvait seul sur le terrain avec des outils inadéquats, c'était très appréciable.

— Bien reçu.

— Et si tu fais une bataille de boules de neige avec un bel Apollon, envoie-moi des photos, sinon je ne te croirai pas.

Abby leva les yeux au ciel.

— Bien reçu aussi, répéta-t-elle alors que la ligne commençait à grésiller.

— Je t'entends mal…, dit Kate avant que la ligne se coupe.

Abby raccrocha et se demanda pour la énième fois si elle ne ferait pas mieux de s'acheter son propre téléphone satellite. Il ne serait pas sécurisé et c'était au-dessus de ses moyens, vu le salaire de misère que lui versait la CIA, mais elle commençait à en avoir plus qu'assez de devoir travailler avec un équipement aussi pitoyable. Et d'être seule.

C'était une réflexion qu'elle se faisait souvent. Et dont elle faisait part à Kate. Et à son patron.

Elle redémarra et s'arrêta au supermarché pour faire des réserves de nourriture au cas où la tempête l'empêcherait de sortir. Le gérant était en train de fermer boutique, mais elle le persuada de lui accorder cinq minutes pour faire ses courses. Elle acheta des plats pouvant être préparés sans électricité, chargea les sacs dans le coffre et repartit. Quelques minutes plus tard, elle se garait dans sa rue. Elle se demanda un instant si sa voiture résisterait à la neige, mais comme elle n'avait pas de garage, elle ne pouvait rien y faire. Elle empoigna tous ses sacs et verrouilla sa portière.

Quelques flocons lui tombaient sur le visage et elle leva la tête. Elle avait passé une partie de son enfance près de la frontière québécoise et savait que c'était à cet instant que la neige était la plus belle. Le gracieux ballet des flocons lui rappela la première maison où elle avait grandi. Elle prit une profonde inspiration et sentit que le vent se renforçait, annonciateur de chutes importantes.

Soudain, elle avait très envie de s'enfermer dans son appartement, malgré sa vétusté, et d'allumer une belle flambée dans sa cheminée des années 1970. Elle se dirigea à grands pas vers l'entrée de son immeuble.

Mal la vit tourner la tête vers le ciel. Pendant une seconde, il découvrit une facette inconnue d'Abby Baston. Son visage s'illumina alors qu'elle regardait tomber la neige. Il regretta alors de ne pas être à ses côtés pour en profiter lui aussi et s'imagina en train d'épousseter les flocons s'accumulant sur ses épaules.

Il soupira. Il savait pertinemment que ce n'était pas ce qu'il voulait. C'étaient là les désirs d'une personne normale, pas d'un homme qui ne s'encombrait jamais d'aucun bagage. Pas d'un homme qui ne savait même plus combien de victimes il avait faites, même s'il se souvenait de chacune d'elles. Pas d'un homme qui côtoyait le danger au quotidien et qui s'en délectait. Mais parfois, il faisait semblant d'être normal, par simple curiosité, comme on essaie un manteau dans une boutique. Un manteau étrange et mal ajusté.

Abby disparut au coin de l'immeuble et il attendit que la lumière s'allume dans son appartement. Elle logeait au vingt et unième étage, il prit son mal en patience, le temps que l'ascenseur monte jusque-là.

Il aperçut alors deux hommes qui marchaient dans l'allée menant au bâtiment. L'un d'entre eux se retourna pour jeter un coup d'œil par-dessus son épaule. Mal se pencha pour regarder à son tour. De là où il était, il ne voyait que des nuages de fumée sortant d'un pot d'échappement. Un sentiment de malaise lui donna alors la chair de poule et il réagit aussitôt.

Il attrapa ses clés, claqua la porte derrière lui et s'engouffra dans l'escalier sans même attendre l'ascenseur. En sautant quatre ou cinq marches à la fois et en se laissant glisser sur la rampe, il savait qu'il arriverait plus vite en bas.

Une fois au-dehors, il traversa la rue déserte en courant et observa la voiture suspecte. Elle ne contenait qu'un type qui observait l'entrée de l'allée dans son rétroviseur. L'inquiétude de Mal monta encore d'un cran. Insensible au froid malgré sa tenue légère, il tourna au coin de l'immeuble conduisant à l'entrée.

Il s'arrêta net. Les deux individus étaient à terre, inconscients. Le froid lui permettait de voir un petit souffle d'air s'élevant de la bouche du premier. Il tâta le pouls du second. *Rien.*

Et merde, je fais quoi, maintenant ? Il aperçut une boîte de conserve par terre. Abby avait sorti des sacs de courses de sa voiture. Avait-elle tué ce type ? Était-ce le fait de quelqu'un d'autre ? Se trouvait-elle chez elle ? Avait-elle été enlevée ? Mal pénétra dans le hall désert. L'unique ascenseur de l'immeuble était en train de monter. Il s'arrêta au vingt et unième étage. Était-elle seule dans la cabine ?

Quoi qu'il en soit, Mal ne pouvait pas laisser la police trouver les deux hommes. Il n'avait pas la moindre idée de ce qui se passait. Il appela l'ascenseur puis saisit son téléphone pour composer l'un des numéros en mémoire.

— Randall Products, répondit une voix féminine accueillante.

— Trois zéro zéro, s'il vous plaît.

Moins d'une seconde plus tard, la voix de Randall se fit entendre à l'autre bout de la ligne.

— Que puis-je faire pour vous ?

— Un nettoyage dans le rayon trois… non, quatre.

Cela faisait si longtemps qu'il n'avait pas fait appel aux services de Randall qu'il en avait oublié le protocole.

— Garrett ? C'est toi ?

— J'ai pas le temps !

— OK. L'adresse ?

Mal lui expliqua où se trouvait l'immeuble d'Abby.

— C'est 5 000 par tête de pipe. Quelqu'un sera là dans vingt minutes. Tu peux sécuriser les lieux ?

Et merde !

— Bien sûr, laisse-moi une seconde.

Il fourra son téléphone dans sa poche et ressortit dans le froid. Après s'être assuré que l'endroit était désert, il ôta son tee-shirt et attrapa l'un des types par les pieds en prenant soin de ne laisser aucune empreinte digitale sur ses chaussures. Il le cacha derrière une benne à ordures, en fit de même avec le second et remit son tee-shirt. Soudain, il aperçut le conducteur debout à l'entrée de l'allée. *Merde !*

Mal fit un pas dans sa direction, mais l'inconnu poussa un petit cri de panique et s'enfuit en courant. S'agissait-il d'une agression qui avait mal tourné ?

Ces gars n'avaient pas une allure de délinquants endurcis. Il se souvint alors que Randall était toujours au bout du fil et ressortit son portable.

— Le colis se trouve derrière la benne à ordures. Et au fait, depuis quand tu as augmenté tes prix comme ça ?

— Tout dépend de l'endroit, mon pote. Personne n'a envie de se retrouver au goulag.

— M'en parle pas.

Il se demanda si Baston couvrirait les frais ou s'il devrait payer de sa poche. *Pourvu qu'Abby soit impliquée dans cette histoire.* C'était sa seule chance d'être remboursé. Cette pensée n'était pas à son honneur, mais il s'en fichait.

— T'en fais pas, mon pote. Une autre personne a appelé avant toi pour la même adresse, c'est à elle que j'adresserai la facture.

— Quoi ? Qui ça ?

— Allez, Garrett. Tu aimerais que je dise à tout le monde que c'est toi qui as téléphoné ?

Il avait raison. La discrétion était le maître mot de ces opérations légèrement, voire totalement, illégales.

— OK, pas de problème, répondit-il en revenant dans le hall pour rappeler l'ascenseur.

— Comment vas-tu ? Ça fait longtemps que tu ne m'as pas donné de nouvelles. Content de voir que tu es toujours en activité.

Randall avait été plus ou moins financé de manière occulte par le gouvernement britannique dans le cadre d'opérations auxquelles Garrett avait souvent participé. Ils s'étaient donc croisés à diverses reprises.

— Je suis dans le privé maintenant. Il faut que j'y aille.

— Appelle-moi un de ces jours, OK ? ajouta Randall. Histoire qu'on rattrape le temps perdu.

— Ça marche.

Mal raccrocha et monta dans l'ascenseur. Ils savaient l'un comme l'autre que les probabilités que cela se produise étaient minces, mais il était toujours bon de savoir qu'il avait quelqu'un vers qui se tourner en cas de besoin.

Qui avait appelé les nettoyeurs ? Il commençait à soupçonner Abby d'être mêlée à tout cela, mais à part la boîte de conserve, aucun indice ne permettait de le prouver. Peut-être était-elle déjà dans l'ascenseur quand c'était arrivé ? Peut-être ces hommes avaient-ils essayé d'agresser un type qui s'était défendu ?

Il n'existait qu'un moyen de le savoir. Il sortit à l'étage d'Abby et s'arrêta. Un sac de courses était à moitié renversé devant sa porte. *Merde !* Y avait-il quelqu'un avec elle ? La lutte s'était-elle prolongée jusque dans son appartement ?

Sans hésiter davantage, il enfonça la porte d'un coup de pied. L'intérieur était sombre. Il esquissa de pas… et aperçut une poêle à frire qui lui fonçait sur le visage. Il se baissa pour l'éviter, pivota et fit tomber son agresseur d'un coup aux jambes.

L'inconnu s'écroula et tenta de s'échapper en rampant. Il l'attrapa par une jambe et tira, mais reçut plusieurs coups de pied à la figure qui l'obligèrent à lâcher prise. Il se redressa alors d'un bond et alluma la lumière, las de se battre dans l'obscurité. Mais à sa grande surprise…

C'était Abby.

Chapitre 7

— Arrête, Abby, c'est moi ! dit-il en levant les mains.

Les yeux brillants de fureur, elle baissa la tête et lui fonça dessus. Ils tombèrent l'un et l'autre. Mal, dont la tête avait heurté le chambranle, commença à voir des étoiles. Il serra les dents pour ne pas s'évanouir.

Abby s'écarta de lui et tendit la main vers la poêle. Il avait envie de la secouer par les épaules. Ne voyait-elle donc pas que c'était lui ? Avait-elle été aveuglée lorsqu'il avait allumé sans prévenir ?

Il essaya de lui attraper la jambe mais la manqua. Il agita la tête pour reprendre ses esprits et se redressa, ce qui fit disparaître le voile qui gênait sa vision.

— Abby, arrête !

Il tenta une nouvelle fois de la forcer à le regarder. Toujours à genoux, elle leva furtivement la tête. Elle avait récupéré son arme improvisée.

— Non, répondit-elle.

Elle pivota pour s'éloigner de lui et se releva d'un bond tout en balançant la poêle vers le haut avec une telle vigueur que Mal en aurait eu la mâchoire brisée s'il ne s'était pas écarté à temps.

Il était clair qu'elle n'était pas une simple travailleuse humanitaire. À sa connaissance, Aide internationale ne formait pas ses employés au combat rapproché.

— Mais qu'est-ce qui te prend ? Arrête, putain ! supplia-t-il.

Elle balaya la pièce du regard pour chercher une autre arme, mais il était hors de question qu'il la laisse faire.

Il l'attrapa par-derrière et lui immobilisa les bras le long du corps.

— Bon, maintenant que tu m'écoutes…, commença-t-il.

Elle baissa subitement la tête et la redressa d'un coup sec. Il avait eu le réflexe de reculer suffisamment pour éviter qu'elle ne lui casse le nez, mais il n'en ressentit pas moins une douleur fulgurante qui le mit en rage.

Comme il la tenait toujours, il la poussa pour la faire basculer de l'autre côté du canapé. Le souffle coupé, elle rebondit sur les coussins et atterrit par terre en se cognant l'épaule sur la table basse.

— Tu peux arrêter, maintenant ? Je n'ai aucune envie de te faire mal, dit-il en se frottant la joue.

Il commençait à se demander si son père le payait assez pour cette mission.

— Eh bien, tu es le seul, répondit-elle en courant jusqu'à la cuisine.

Et merde ! Elle allait le poignarder, ou l'attaquer avec le premier ustensile qu'elle trouverait. Si elle ressortait avec un couteau à la main, c'en était fini d'elle, fille du patron ou pas.

Il était inutile qu'il la suive, car la cuisine était si petite qu'il risquait de trébucher accidentellement et de se blesser tout seul.

Abby réapparut. *Avec un couteau, bien entendu.*

— Bon, vas-y à fond, alors. Cesse de me tourner autour pour me faire peur. Je ne bougerai pas d'ici.

C'était vrai, mais il se demandait bien pourquoi. Il n'avait qu'à partir et à continuer à la surveiller de loin. Dire qu'il était simplement venu pour vérifier qu'elle allait bien… Il soupira.

— Allez, gamine, vas-y à fond.

Comme il l'avait prévu, ces mots la galvanisèrent et un éclair de fureur passa sur son visage. C'était le but qu'il recherchait. La colère poussait à faire des erreurs. Il sourit et inclina la tête, moqueur.

Abby lui fonça dessus en brandissant son couteau. Il l'esquiva au dernier moment et la repoussa sans douceur. Elle trébucha, percuta le mur derrière lui mais se reprit assez vite pour tenter, sans succès, de lui lacérer le bras. Cela devenait inquiétant. Elle voulait vraiment lui faire mal et si elle s'entêtait, il serait forcé de la neutraliser. Il s'éloigna d'un pas.

— Bon, tu t'es bien fait comprendre. Tu crois que tu veux me blesser et si je reste immobile sans me défendre, tu y parviendras certainement. Mais écoute bien ce que je vais te dire : si tu m'attaques encore une fois, je te ferai mal. Ce n'est pas ce que je veux, mais je n'ai aucune envie que tu me tues pour une raison complètement erronée. Tu as compris ?

Elle recommença à s'approcher de lui en gardant son couteau près du corps, comme une pro, attendant le moment idéal pour frapper.

Dès que l'occasion se présenta, elle la saisit. Mal recula d'un pas et décocha un coup de poing sur son bras droit, assez puissant pour qu'Abby perde toute sensation dans les bras. Comme il l'avait prévu, elle lâcha le couteau, qui tomba bruyamment sur le carrelage.

— Je suis désolé, mais il faut vraiment que tu te calmes.

Il abaissa la garde le temps de cligner des yeux et il vit soudain qu'elle brandissait un second couteau dans la main gauche. Abby poussa Mal contre le mur et appuya la lame contre sa gorge. Comment avait-elle fait cela ?

Mal n'avait pas peur. Il pouvait toujours la tuer à mains nues sans le moindre problème. Pour lui, ce n'était qu'une danse un peu rude, mais il était bien forcé d'admettre qu'elle se débrouillait très bien. Il était désormais plus que probable que ce soit elle qui ait blessé, voire tué, les deux hommes au pied de l'immeuble.

Les yeux d'Abby, brillants de rage, étaient à moins de dix centimètres des siens. S'il n'avait pas éprouvé un peu de curiosité quant à la réelle identité de la fille de Baston – s'il s'agissait vraiment de sa fille, d'ailleurs –, il aurait trouvé sa fureur très excitante, tout comme sa présence physique et sa force.

Elle continuait d'enfoncer la lame et un filet de sang coula le long de sa gorge. *Merde !* Elle était sexy, et violente.

Il pencha la tête vers ses lèvres, pris d'une envie de l'embrasser plus forte que son désir d'écarter le couteau de sa jugulaire. Il ne put résister et lorsqu'il sentit la pression de la lame diminuer, il n'en profita même pas, tout à son baiser.

Abby sursauta, recula un instant, puis revint vers lui. Il était en train d'embrasser une femme qui menaçait de lui trancher la gorge. Bon Dieu, ce que c'était sexy !

L'espace d'une seconde, elle perdit toute notion de la réalité, oublia qu'elle tenait un couteau, qu'elle l'enfonçait dans la gorge de l'homme avec qui elle avait couché la nuit précédente, qu'il était peut-être lié aux deux inconnus qui l'avaient agressée au pied de son immeuble.

Il appuya les lèvres contre les siennes et elle revint au moment présent. La lutte, dont elle était ressortie avec quelques bleus, avait fait exploser son taux d'adrénaline. Elle venait de mettre une raclée à deux hommes, mais elle ne s'était jamais sentie aussi femme, et aussi puissante.

Et elle était en train d'embrasser un crétin qui… *Qui quoi, au fait ?*

Elle recula et plaqua la main sur son front, lui cognant la tête contre le mur.

— Mais tu es qui, putain ? murmura-t-elle, de peur que ses voisins ne finissent par être alertés par le bruit.

— Malone Garrett, répondit-il entre ses dents.

— Comment tu sais où j'habite ? Tu connais les deux types dehors ?

Alors qu'elle posait ces questions, elle comprit que la panne de voiture n'avait été qu'une mise en scène pour provoquer une rencontre. Il avait prévu tout ce qu'elle ferait et cela mettait Abby en rage. Sans même parler de leur petite partie de jambes en l'air sur le toit. Elle ignora la petite voix dans sa tête qui disait que c'était elle qui avait fait le premier pas. Avait-il planifié cela aussi ?

Elle accentua la pression de la lame sur sa gorge.

— Tu as cinq secondes avant que je te découpe.

Il attendit qu'elle ait compté jusqu'à cinq dans sa tête avant d'ouvrir la bouche.

— Je vis en face de chez toi. Je t'ai vue rentrer par la fenêtre. Je voulais simplement t'inviter à dîner, mais…

— Tu comptes vraiment me faire avaler ça ?

Elle se sentait investie d'un courage inédit. Elle venait de neutraliser deux hommes qui la menaçaient et elle était sûre de ne pas se tromper sur le compte de Malone.

— Tu me suis depuis plusieurs jours. Tu as fait semblant d'avoir une panne pour que je te prenne dans ma voiture, n'est-ce pas ?

— Non, c'était une vraie panne. Je…

— Qu'est-ce qu'elle avait ?

Il hésita pendant une longue seconde, ce qui ne fit que confirmer les soupçons d'Abby.

— Tiens donc. Qui es-tu et pourquoi me suis-tu ? Je n'ai pas peur de te tuer. Je n'ai peur de rien.

À part des Russes. Et un peu de Brigda.

Mal leva les yeux au ciel, lui saisit brutalement le pouce et le tordit jusqu'à ce qu'il se déboîte, ce qui la força à lâcher le couteau.

— Merde, espèce d'enfoiré !

Elle recula en se tenant la main. Voyant qu'il avançait vers elle, elle comprit qu'elle n'avait d'autre choix que de remettre son pouce en place, ce qu'elle fit. La douleur soudaine faillit la faire vomir, mais elle parvint à se placer derrière le canapé.

Il n'alla pas plus loin, prit quelques mouchoirs en papier dans une boîte à motifs fleuris posée sur la table et s'en tamponna le cou. Ils se gorgèrent aussitôt de sang.

Elle en profita pour le quitter des yeux et prendre l'arme qu'elle cachait sous le coussin du fauteuil. Elle se retourna de nouveau vers lui, le pistolet pointé sur sa tête, et constata avec surprise qu'il avait son portable à l'oreille.

— Ouaip. Passez-moi Baston, s'il vous plaît.

Quoi ?

Il souleva les sourcils et lui adressa un sourire innocent.

— Non, n-non, attends..., balbutia-t-elle.

Comment cet Anglais exaspérant pouvait-il bien connaître son père ?

— Pardon ? dit-il en levant le doigt pour la faire taire. Ouais, j'attends. (Il écouta pendant une seconde, puis éloigna un peu le téléphone de son oreille.) Tu as trois mesures des *Quatre Saisons* pour ranger ton flingue et arrêter ton cirque, sinon j'explique à ton père que tu me menaces avec une arme et que tu n'as rien d'une humanitaire.

Merde ! Il était impossible qu'il soit au courant. Personne ne devait savoir. Elle voyait déjà le chaos détruire sa vie bien ordonnée et la relation structurée qu'elle entretenait avec sa famille.

Elle leva les mains en signe de capitulation.

— D'accord, d'accord. Raccroche.

— Pose ton flingue d'abord, ordonna-t-il tout en recollant le téléphone à son oreille.

— Voilà, regarde, dit-elle en le jetant sur le canapé.

Il le ramassa, vérifia que le cran de sûreté était enclenché, puis ôta le chargeur. Il appuya sur la première balle pour s'assurer qu'il était plein. C'était bien le cas. Elle ne s'en était jamais servie. Il rangea ensuite son portable dans sa poche sans raccrocher. Abby comprit alors qu'elle était tombée dans le plus vieux piège du monde.

— Tu n'appelais pas mon père ? demanda-t-elle en se laissant tomber sur le canapé.

— Non. Je préfère avoir tous les éléments en main quand je fais mes rapports. On va causer tranquillement et tu vas me dire ce que tu fous ici. Comme ça, avec un peu de chance, d'ici à la fin de la semaine, j'en aurai fini avec votre charmante petite histoire de famille. Allez, ma belle, conclut-il en s'asseyant à son tour et en agitant le pistolet. Crache le morceau.

Ce qu'elle pouvait le détester… Il semblait si arrogant, si sûr de lui, si insouciant, mais elle ne comptait pas se laisser faire.

— Je ne te dirai rien tant que tu ne m'auras pas expliqué ce que tu fais là.

Elle soupçonnait que c'était son père qui l'avait envoyé en Ukraine pour la surveiller. Cette idée la rendait folle de rage. Elle avait passé l'âge qu'on la traite comme une gamine.

— Je pense que tu le sais déjà. J'ai le boulot le plus pourri du monde. J'ai passé la plus grande partie de l'année en zones de guerre. Je tue les méchants et je sauve les gentils. Parfois, je ne peux rien pour eux. Je protège des gens qui ne le méritent pas toujours. Et ces dernières semaines, j'ai touché le fond : je veille sur une femme à l'existence on ne peut plus terne qui n'a visiblement pas besoin de ma protection. Et tu sais quoi ? Je suis presque content que tu m'aies à moitié décapité. Je vais pouvoir dire à ton père que tu te débrouilles très bien sans moi et je pourrai enfin quitter ce trou à rats. (Il pencha la tête et regarda par la fenêtre.) Je vais aller au chaud, dans une région où on peut trouver des boissons sans vodka. Où les femmes sont en Bikini et pas en combinaison intégrale en peau de mouton, dit-il en regardant la pelisse d'Abby, pendue au portemanteau. Ce n'est pas très attirant, tu sais.

Il ajoutait la muflerie à ses nombreux défauts. Il n'avait plus rien à voir avec l'Apollon plein de charme avec qui elle avait dîné la veille. Il avait joué la comédie. Abby grimaça en se rappelant qu'elle avait couché avec lui.

— Ouais, je sais, moi aussi, je fais cette tête-là quand je repense à hier soir, reprit-il comme s'il discutait de la météo, avant de hausser les épaules. Pour moi, ce sont les risques du métier. Pour toi, en revanche, je ne sais pas.

Sur ces mots, il lui sourit avec insolence.

— C'était assez horrible, en fait. J'étais désespérée. C'était toi ou Hans, mais je savais qu'il ne pourrait pas quitter le restaurant avant plusieurs heures. J'avais envie de me coucher tôt et je savais que ça irait vite avec toi, ajouta-t-elle avec un faux sourire de compassion. Tu sais qu'il existe des médicaments pour ce genre de… problèmes, n'est-ce pas ?

Il fronça les sourcils. *En plein dans le mille.*

— Dis-moi qui tu es et ce que tu fais là.

Elle s'agenouilla sur le canapé, comme si elle était en train de causer chiffons avec une amie.

— Toi d'abord.

— C'est moi qui ai le téléphone et le flingue. Et le plus mauvais caractère, alors à toi l'honneur.

Elle avait l'interdiction absolue de révéler qu'elle travaillait pour la CIA. Elle ne pouvait même pas le dévoiler à ses proches, et encore moins à un flirt d'un soir. Surtout si ce dernier la menaçait avec une arme.

— Je n'ai rien à te dire.

Dans le silence qui s'ensuivit, un bruit retentit, une sonnerie forte et persistante. Abby n'avait aucune idée de ce dont il s'agissait. Un appareil qu'il portait sur lui, peut-être ? Non, il semblait tout aussi perplexe qu'elle. Elle balaya la pièce du regard et s'arrêta sur son sac à main, qu'elle avait jeté par terre à côté de ses sacs de courses. Cela venait de son téléphone, qui n'avait jamais émis un tel bruit jusque-là.

Oh ! Putain de bordel de merde ! Elle savait désormais ce que c'était et regarda Malone avec des yeux emplis d'horreur. Elle allait devoir tout lui dire. Prendre des mesures d'urgence.

Elle allait avoir besoin de lui. *Peut-être.*

Chapitre 8

Cette petite teigne lui faisait perdre son temps. Comment Baston, un type bien au demeurant, avait-il pu lui assigner une telle mission, la pire depuis ses débuts chez Barracks Security ? Au cours des derniers mois, il avait pourtant été blessé par balles, torturé par un chef de guerre afghan et avait même supporté les idylles impromptues de plusieurs collègues. Il préférait mille fois retomber aux mains des talibans plutôt que de voir des types bien sombrer dans le ridicule à cause d'histoires de bonnes femmes.

De plus, si elle n'éteignait pas rapidement cette sonnerie horripilante, il piétinerait tous les appareils électroniques de son appartement.

— Je ne sais pas ce que c'est, mais coupe-le avant que je tire dessus.

Abby avait perdu son petit air supérieur et semblait désormais paniquée. Il soupira.

— Bon Dieu, dis-moi que ce n'est pas une bombe.

Elle avala sa salive et lui désigna son sac à main de la tête.

— Pire.

Qu'est-ce qui peut bien être pire qu'une bombe ?

— Je t'écoute, mon cœur.

Elle prit une grande inspiration, comme si elle s'apprêtait à tout raconter, puis se précipita vers son sac. Mal se leva et pointa de nouveau l'arme sur elle, mais Abby ne le regarda même pas.

Elle se redressa, une espèce de télécommande noire à la main.

— Merde.

— Qu'est-ce que c'est ? demanda-t-il.

Il garda la jeune femme en joue même s'il savait qu'il ne tirerait jamais sur la fille de son patron. Sauf si elle dépassait vraiment les bornes.

— La Troisième Guerre mondiale. Peut-être.

Elle haussa les épaules, mais la peur était visible sur son visage. Mal baissa son arme.

— Je ne peux pas t'aider si tu ne me dis rien.

— Qu'est-ce que tu vas raconter à mon père ? interrogea-t-elle.

Mal sentit sa patience s'évaporer d'un seul coup.

— Ce que je veux, espèce de malade. Que tu es entraînée à tuer les gens, que tu as mis hors d'état de nuire deux types qui t'agressaient, que tu m'as à moitié tranché la gorge... Tiens, je devrais peut-être juste appeler les autorités et les laisser se débrouiller avec toi.

— « Les autorités » ? répéta-t-elle en regardant sa montre. Il ne reste plus une preuve. C'est même plutôt toi qui te ferais arrêter, si tu veux mon avis.

Elle arborait un petit sourire triomphant qui donnait à Mal des envies de meurtre, ou de taper très fort sur quelque chose.

Elle avait raison. Les hommes de Randall avaient déjà dû effacer toutes les traces.

— Très bien, j'appelle papa, donc.

Il rangea l'arme dans sa ceinture et sortit son portable.

— Je te le déconseille. Je te ferais virer en un clin d'œil, l'avertit-elle presque distraitement.

Elle avait les yeux rivés sur le clignotement ambré de la télécommande. Le bruit s'était arrêté, Dieu merci.

— Ah, oui ? Je peux savoir comment, s'il te plaît ?

Elle baissa la tête pendant quelques secondes. Lorsqu'elle la redressa, des larmes coulaient sur ses joues. Mal fit un pas vers elle. Que lui arrivait-il donc ? Abby porta la main à son oreille et mima un téléphone.

— Papa… ce type ? sanglota-t-elle avec un réalisme stupéfiant. Ce type que tu as envoyé ? Il… il m'a séduite et ensuite… ensuite il m'a quittée…

en disant qu'il m'avait baisée uniquement pour te baiser toi.

Elle pencha la tête, cessa aussitôt de pleurer et raccrocha son téléphone imaginaire d'un geste brusque.

— C'est clair ?

Waouh !

— La vache, tu es sûre que tu vas bien ? s'enquit-il. Tu as des petits problèmes relationnels avec ton père, on dirait. Tu veux qu'on en parle ? Il paraît que la thérapie moderne marche très bien pour ce genre de choses.

Il n'avait pas pu résister à la tentation de se venger de la petite pique d'Abby quant à son supposé manque d'endurance.

— Va-t'en.

Il éclata de rire.

— Tu rêves, mon cœur. Je ne sais pas qui tu es ni ce que tu fiches ici, mais ni toi ni moi ne sortirons de chez toi cette nuit. (Il regarda par la fenêtre le manteau neigeux qui recouvrait déjà les rues.) Soit tu me dis la vérité, soit tu en assumes les conséquences.

Il fit craquer ses doigts, même s'il n'avait pas la moindre idée de ce que seraient ces conséquences, et adopta un ton qu'il espérait plus conciliant.

— Explique-moi ce qui se passe et je verrai ce que je peux faire pour t'aider.

Sur ces mots, il haussa les épaules, s'assit et tapota le coussin à côté de lui. Cela ne sembla pas convaincre Abby, qui préféra s'installer dans le fauteuil où elle avait caché son arme. Sa main était si crispée sur la télécommande qu'elle en était blanche.

— Commençons par ça, l'encouragea-t-il. Qu'est-ce que c'est ?

— Un capteur terrestre, répondit-elle à contrecœur.

Il attendit qu'elle poursuive, mais en vain. Avec un soupir, il se cala confortablement, car il sentait qu'il allait devoir poser beaucoup de questions.

— Et qu'est-ce qu'il capte ? L'eau ? Les radiations ? Les secousses sismiques ? demanda-t-il avec calme.

— Les mouvements, dit-elle, figée sur le bord du fauteuil.

L'alerte avait-elle été provoquée par le capteur qu'il avait installé sous son paillasson ? C'était fort peu probable.

— Et où est-il installé ?

Elle souleva un sourcil et lui montra la télécommande.

— Ici ?

— Ne joue pas les idiotes. Si tu veux que je t'aide…

— Est-ce que j'ai dit une seule fois que j'en voulais, de ton aide ? Tu n'es rien d'autre qu'une distraction de passage. Un truc à régler avant que je puisse me mettre au travail. Je ne sais même pas ce que tu fais là, et très franchement, je m'en fiche.

Au même instant, l'électricité se coupa.

De mieux en mieux, pensa Abby en inspirant profondément pour se calmer.

— Tu penses vraiment que les routes sont bloquées par la neige ? demanda-t-elle en forçant son cerveau fatigué à imaginer un plan viable.

— On pourrait sortir à pied, répondit-il d'une voix calme, mais pas en voiture. À moins que tu ne caches un chasse-neige dans ta chambre ?

— Je savais bien que j'avais oublié quelque chose quand j'ai fait mes valises…

Il ne lui fit pas l'affront de se forcer à rire à sa blague douteuse.

La pièce était plongée dans l'obscurité. C'était une nuit sans lune et les lampadaires étaient éteints eux aussi, ce qui faisait qu'Abby pouvait à peine apercevoir la silhouette de Malone en face d'elle. Il n'avait pas bougé et se tenait toujours assis sur le bras du canapé. Elle n'avait plus le choix : elle devait lui révéler la véritable raison de sa présence en Ukraine.

Cela faisait près de dix ans qu'elle était à la CIA. On l'avait recrutée avant même la fin de son premier semestre universitaire. Elle n'en avait soufflé mot à personne, car elle ne se sentait pas assez proche de ses grands frères pour cela. Ni de son père, mais avec lui, le problème était tout autre.

Au cours de toutes ces années, une notion avait fini par s'imprimer dans son cerveau et était devenue une seconde nature : son sort personnel passait après sa mission. Elle perdrait peut-être son travail si elle lui racontait tout, mais si elle se taisait, elle courait à l'échec.

La mission passait avant tout le reste.

— Je ne travaille pas pour Aide internationale, dit-elle.

— Tiens donc.

Mal glissa du bras du canapé pour s'asseoir normalement, comme s'il s'attendait à ce que l'histoire soit longue. Il se trompait.

— Enfin, si, je travaille pour cette ONG, c'est elle qui me paie, mais je suis de la CIA. Je suis là pour surveiller la frontière. Les analystes de Langley pensent que la présence des Russes aux réunions du G20 n'est qu'un écran de fumée pour leur permettre d'envahir l'Ukraine.

— J'y étais, intervint Mal après quelques secondes de silence. Au G20.

C'était une information à laquelle elle n'avait pas le temps de réfléchir pour l'instant.

— Les capteurs ont été installés par l'agent que je relaie. Ceux-ci se trouvent à dix kilomètres de la frontière, du côté russe.

— Il devait avoir des couilles en acier trempé pour les cacher là-bas, remarqua Malone.

— Oui, elle est très courageuse, répliqua Abby avec un sourire – car le flambeau était très dur à reprendre.

— Qu'est-ce qui te dit qu'il ne s'agit pas d'un tracteur ? Ou d'une défaillance ?

— Qui sortirait en tracteur en pleine nuit dans une tempête de neige ?

Mais tout en prononçant ces mots, elle se rendit compte que ce n'était, après tout, pas impossible. Si une bête s'était égarée, seul un tracteur pouvait la récupérer.

— Il y a combien de capteurs ?

— Je ne peux pas te le dire.

Il y en avait une trentaine le long de la frontière, à la fois du côté russe et du côté ukrainien, dans les champs derrière l'orphelinat. En théorie, les Russes éviteraient les routes pour ne pas se faire repérer, car il y avait toujours le risque qu'on filme leur passage à l'aide d'un téléphone. La vidéo serait aussitôt postée sur Youtube et des journalistes arriveraient sur place en quelques heures, suivis des bombes de l'OTAN.

Les stratèges pensaient qu'ils passeraient par les champs pour envahir le nord-est de l'Ukraine. Les Russes s'étaient déjà emparés de la Crimée et le président voulait le reste. Dieu seul savait où il s'arrêterait.

— Comment feras-tu la différence entre ces combattants prorusses et la vraie armée russe ?

Ce qu'il pouvait être agaçant à toujours poser les bonnes questions !

— Tu pars du principe que ce sont deux entités différentes, mais je pense que les troupes séparatistes sont composées de soldats russes. Je n'ai plus qu'à le prouver. Un insigne, une unité avec des armes d'origine militaire, des uniformes, des véhicules spécifiques que l'on pourra comparer à ceux achetés par l'armée russe... C'est pour ça que je suis là. Si j'arrive à faire la preuve qu'il s'agit bien de l'armée russe, les forces de l'OTAN pourront intervenir avant qu'ils arrivent jusqu'aux régions densément peuplées.

Elle désirait plus que tout être là pour voir ça.

Mal, figé comme une statue, se taisait. L'obscurité ambiante l'avait peut-être poussée à lui révéler tous les secrets qu'elle taisait depuis si longtemps. Elle soupira. Peut-être n'était-il pas aussi méprisable qu'elle l'avait cru.

Mal se releva d'un bond.

— Excellent. Visiblement, tu maîtrises la situation. Je vais pouvoir dire à ton père que tu n'as plus besoin de protection et il me donnera une autre mission. Dans un endroit moins dangereux que ton appartement. Kaboul, par exemple.

Elle se leva elle aussi.

— Non. Tu ne peux rien dire à mon père. Soit tu te tais, soit je te fais arrêter.

— Qu'est-ce que tu racontes ? Bien sûr qu'on peut lui en parler, répliqua-t-il en vérifiant le cran de sûreté du pistolet. En attendant, je garde ça. Ça t'apprendra à m'en menacer.

— Attends, intervint-elle en se plaçant entre lui et la porte. Mon père travaille pour des gouvernements étrangers et des groupes privés basés je ne sais où. Moi, je ne peux rien lui révéler sans perdre mon boulot. Toi, si tu parles, tu seras arrêté. Et viré.

Elle fit une grimace de compassion et recommença à mimer son téléphone, mais il lui attrapa la main.

— OK, c'est bon, soupira-t-il en se passant la main dans les cheveux. Comment en est-on arrivés là ? Je commence à regretter mon boulot de surveillance pépère.

Merde !

— Tu me surveillais ? Tout le temps ? interrogea-t-elle, une sensation étrange au creux de l'estomac.

— Oui, suffisamment pour savoir que tu es capable de brûler de la soupe et de te la renverser sur les… (Il donna un coup de menton en direction de ses seins.) Je me demande encore comment tu as réussi ce coup-là.

— Une souris m'a fait sursauter. Une grosse. Elle aurait fait peur à n'importe qui, répliqua-t-elle, les poings sur les hanches.

— Il y a des souris chez toi ?

— Une seule. Boris.

En prononçant ces mots, elle comprit à quel point ils semblaient ridicules.

— Tu as donné un nom à la souris ?

— Bon sang, les Russes s'apprêtent peut-être à envahir l'Ukraine et à déclencher la Troisième Guerre mondiale, et toi, tu te fiches de moi ? Très bien. Je me suis dit que plutôt que d'en avoir peur, j'allais essayer de l'apprivoiser. Comme ça, je serais moins terrorisée par sa présence. D'ailleurs, maintenant que j'y pense, sa compagnie est plus agréable que la tienne.

Il ignora cette dernière remarque.

— Pourquoi tu ne lui as pas tiré dessus ?

— J'économisais mes balles pour toi.

Bon Dieu, ce qu'il pouvait être irritant ! Il devait être l'un de ces types pour qui tout ce que faisait une femme était forcément idiot ou incohérent. Elle aurait voulu qu'ils recommencent à se battre.

L'altercation physique paraissait plus franche que ses réflexions désobligeantes.

— Remarque, Dieu seul sait ce que tu aurais pu toucher en visant.

Il haussa les épaules et retourna à la fenêtre pour regarder la neige tomber.

Abby serra les poings. Elle mourait d'envie de le frapper. Si elle avait eu un punching-ball, elle se serait défoulée dessus.

— Est-ce que tu peux cesser de te conduire comme un crétin pendant une seconde ?

— J'en doute, rétorqua-t-il sans quitter la rue des yeux. C'est mon gros défaut.

— Et tu as des amis quand même ?

— J'essaie d'éviter. Trop compliqué, murmura-t-il.

Abby, sentant qu'elle avait grand besoin d'un remontant, sortit une bouteille de vodka de contrebande et lui tendit un verre.

— Tu sais, dit-elle, tu ne dois vraiment pas être très évolué si tu penses qu'avoir des amis est compliqué. Il y a d'autres choses que tu estimes hors de ta portée ? Le Uno, peut-être ? Ou le morpion ?

— Je ne connais ni l'un ni l'autre, répondit-il en prenant le verre. Tu n'as rien d'autre que de la vodka ?

— Je suppose que tu préférerais un Malibu ?

Elle remplit son verre à ras bord. Malone, l'air agacé, lui tendit le sien pour qu'elle en fasse de même.

Abby ne savait pas pourquoi elle ne cessait de lui lancer des piques. Pour le fun, peut-être, ou pour se défouler après six mois de solitude forcée. Il n'était pas simple de plaisanter avec des gens dont on ne parlait pas couramment la langue.

D'un autre côté, elle était aussi soulagée qu'il ne soit pas parti. Elle n'avait pas besoin de son aide, mais elle la désirait. Il était de toute évidence talentueux. Dans le cas contraire, son père ne l'aurait pas engagé et ne lui aurait pas confié la surveillance de sa fille.

Le téléphone satellite d'Abby ne fonctionnait pas dans la tempête et elle n'avait aucun moyen sûr d'entrer en contact avec quelqu'un sans que la communication soit interceptée. Elle avait déjà pris un gros risque en téléphonant à Randall avec son appareil prépayé, qu'elle avait ensuite détruit et jeté dans la benne à ordures de l'immeuble. Elle était donc coupée du monde jusqu'à ce que le courant revienne et se sentait impuissante. Elle maudissait la neige, ses agresseurs… Elle se laissa tomber sur le canapé et posa la bouteille sur la table basse.

— C'était qui ? demanda Malone en s'asseyant à une distance respectable d'elle avant de se verser un nouveau verre.

— Qui ça ?

— Les types qui t'ont attaquée.

— Oh, eux… j'en sais rien. Je ne les avais jamais vus. Des petits délinquants, j'imagine, dit-elle, fière de les avoir mis hors d'état de nuire. Pas des professionnels, en tout cas, plutôt des opportunistes. De la neige, les rues désertes, ils croisent une femme seule qui a les mains chargées et dont le sac à main est facilement accessible…

Elle haussa les épaules et but une nouvelle gorgée de vodka.

— Et comment tu connais Randall ?

— Qui ça ? questionna-t-elle en prenant un air intrigué.

Elle cherchait à gagner du temps, mais elle ignorait pourquoi. Il en savait déjà trop pour qu'elle le laisse partir.

Mal la regarda longuement sans rien dire, et elle abandonna toute prudence.

— Mes analystes m'ont donné son numéro en cas d'urgence. Je n'avais pas envie que les deux types reprennent connaissance et partent à ma recherche. Je ne pouvais pas appeler la police parce que je n'avais pas d'explication valable à donner.

Qu'est-ce que je lui aurais raconté ? Que j'avais fait du karaté dans ma jeunesse ?

Elle vida son verre, s'en versa un autre et garda la bouteille à la main pour le resservir.

— Alors, reprit-elle, tu comptes rester un peu ? Histoire de m'aider à empêcher un nouveau confit mondial ?

Chapitre 9

Elle ignorait qu'elle avait tué l'un de ses agresseurs. Il savait qu'il devait le lui annoncer, pour la préparer au cas où les autorités s'en mêleraient, mais il avait surtout envie de la protéger en lui cachant cette information.

Il ne la connaissait pas. Elle avait peut-être toute une série de cadavres à son palmarès, mais c'était improbable. Derrière son courage de façade se dissimulait une personne qui supporterait peut-être mal d'apprendre qu'elle avait tué quelqu'un. Mieux valait donc ne rien dire pour l'instant.

— Puisque c'est demandé si gentiment, j'aurais mauvaise grâce de refuser.

— Il faut qu'on se rende sur place le plus vite possible, déclara-t-elle en regardant au-dehors avec anxiété.

— Pas tant qu'il neige, les conditions sont trop imprévisibles. J'ai vu des… (il allait dire des agents du SAS, mais il préférait ne pas trop en révéler sur son passé tant qu'elle ne demandait rien) des types très bien entraînés se perdre dans la tempête et souffrir d'engelures sévères. La règle, c'est d'attendre que la neige s'arrête pour bouger.

— D'accord. Il est encore tôt, non, environ 19 heures ?

Elle chercha des yeux la pendule murale, cachée dans l'obscurité, mais Mal se servit de l'illumination de sa montre.

— Il est 21 h 05. Repose-toi, je prends la première garde et je te réveille dans deux heures.

Il se retourna vers la fenêtre et s'appuya contre le mur pour regarder dans le vide tournoyant de la tempête de neige. Il savait qu'elle aurait du mal à accepter qu'il prenne les choses en main et il cherchait comment faire pour se rendre jusqu'à l'orphelinat sans risquer la mort.

— D'accord, dit-elle enfin.

Il l'entendit marcher jusqu'à la chambre, puis fermer la porte derrière elle. En d'autres circonstances, il l'aurait suivie pour la convaincre qu'il valait mieux qu'ils restent tous deux éveillés et qu'ils s'occupent pour passer le temps, mais pour une raison qui lui échappait, il trouvait cette manipulation un peu minable. Probablement parce que trop de choses dépendaient de l'efficacité de leur collaboration. Il étouffa un petit rire. Il n'était pas entièrement convaincu par son explication d'invasion russe.

La neige avait cessé de tourbillonner et tombait désormais presque droit, déviée par la force du vent. Une chose était sûre : si Abby comptait l'entraîner dans cet enfer glacé, il devait aller chez lui pour récupérer son kit hivernal.

Lorsqu'il ouvrit la porte, l'appartement, plongé dans l'obscurité, était glacial. Cela n'avait rien d'étonnant, car il n'avait ni moquette ni meubles pour l'isoler. Il commença par cacher son matériel informatique dans un compartiment qu'il avait creusé sous le plancher dès son arrivée.

Tout en préparant son sac, il balaya la pièce du regard. Avec un sentiment de malaise, il eut l'impression que c'était son existence qu'il contemplait. *Dénuée de confort, froide et sombre.* Il haussa les épaules. C'était toujours mieux qu'une vie désordonnée et chaotique. *Probablement.*

Il retourna à l'appartement d'Abby au bout de vingt minutes. Il ouvrit doucement la porte mais s'arrêta en l'entendant murmurer son nom. Y avait-il quelqu'un avec elle ? Avait-elle besoin d'aide ? Il entra, referma la porte sans bruit et posa son sac par terre. Il tira ensuite le pistolet qu'il avait calé dans sa ceinture et scruta les ténèbres des yeux.

— Malone ? Garrett ? appela-t-elle de nouveau.

Percevait-il une pointe de panique dans sa voix ? Des larmes ? Bon sang, pourquoi n'avait-il jamais prêté attention à la réaction des femmes qu'il contrariait ? Elle sortit alors de la cuisine, pantelante, vêtue d'un simple gilet mal boutonné, les jambes et les pieds nus.

— Qu'est-ce qu'il y a ? chuchota-t-il sans savoir pourquoi il baissait la voix.

Abby sursauta et le regarda, rassurée. Elle baissa la tête et inspira plusieurs fois.

— Rien. J'avais besoin d'un verre.

C'était un mensonge. Elle avait cru qu'il l'avait abandonnée. Voyant qu'il n'était plus là, elle avait paniqué. Pour quelqu'un qui voulait jouer les durs…

— Tout va bien, je suis là, dit-il tendrement.

Il posa son pistolet sur la table et avança vers elle.

— Je m'en fiche, répondit-elle d'une voix plus assurée. Je cherchais juste un truc à boire.

— Mais bien sûr, ma belle. Une boisson qui s'appellerait « Malone ? Garrett ? »

Il souleva un sourcil, espérant que cette petite provocation la débarrasserait des dernières bribes de peur. Il se rapprochait lentement d'elle, comme d'un animal apeuré, mais avant qu'il puisse la toucher, elle recula et s'éclaircit la voix.

— Je voulais juste savoir si tu étais là. Je n'avais pas envie que tu me voies aussi peu habillée.

— Ouais, j'ai remarqué combien ça te terrifiait hier, contra-t-il en secouant la tête.

S'il avait bien calculé son coup, elle était sur le point de se mettre en colère, ce qui lui rendrait son courage.

Il continua à avancer même s'il voyait qu'elle allait bientôt se heurter au mur de la cuisine. Lorsqu'elle le toucha, Malone s'arrêta à quelques centimètres d'elle.

— J'avais peut-être envie que tu me voies nue hier, mais ce n'est plus le cas aujourd'hui, répliqua-t-elle, les mains sur les hanches.

Sa tactique se révélait payante. Elle avait oublié son angoisse et avait recouvré sa verve habituelle.

— Très juste, dit-il en reculant pour lui montrer qu'il ne représentait pas une menace.

Aussitôt, elle l'attrapa par la chemise et l'attira contre elle pour l'embrasser. *Bon, d'accord*, songea Mal, pris d'une bouffée de chaleur.

— Tu es… la personne… la plus insupportable… que je connaisse, déclara-t-elle, alternant les mots et les baisers.

— Je te retourne le compliment, murmura-t-il.

Le mince gilet qu'elle portait le rendait fou. Il laissait passer la chaleur de la peau d'Abby, mais le tissu était un peu rêche. Mal la repoussa contre le mur, et reprit son souffle et ses esprits. Il ne pouvait pas sauter la fille de son patron comme si de rien n'était.

— Tu es sûre que…

— Bon sang, Malone, épargne-moi tes pudeurs de violette. Je sais ce que je veux. Là, c'est toi que je veux. Si tu es partant, vas-y. Sinon…

Elle s'interrompit, hypnotisée par la langue de Mal, qu'il était en train de passer lentement sur sa propre paume. Il plongea ensuite la main dans sa culotte et y laissa glisser les doigts. Abby, le souffle coupé, s'agrippa au mur comme à une bouée de sauvetage. Il mettait chacun de ses doigts à contribution pour la caresser.

— Est-ce que cette réponse te convient, ma puce ? grogna-t-il, de plus en plus excité lui aussi.

Elle poussa un gémissement qui se répercuta jusqu'au tréfonds de l'âme de Mal. *Bon Dieu !*

Il retira sa main et balança Abby sur son épaule.

— Qu'est-ce que tu fais ? demanda-t-elle alors qu'il l'emportait vers la chambre à grandes enjambées.

— Je n'ai pas envie de te baiser encore une fois contre un mur. C'est peut-être ton truc, mais…

— Oui, c'est mon truc, répondit-elle au rythme de ses pas.

— Je sais.

Il ouvrit la porte et la reposa doucement.

Elle remit immédiatement les poings sur les hanches. Trop excité pour discuter, Mal se contenta de la pousser en arrière et elle tomba sur le lit avec un petit cri aigu.

— T'as peut-être envie qu'on te prenne contre un mur, mais vu que je… m'occupe de toi, tu vas me faire le plaisir de me regarder. Tu vas me voir jouir. Je ne suis pas qu'une bite anonyme.

Il n'aurait pu dire pourquoi il était tout d'un coup si remonté contre le sexe impersonnel, mais il avait prononcé ces mots avec conviction.

— Déshabille-toi, ordonna-t-il, debout devant le lit.

Abby hésita.

— Enlève tes vêtements, putain !

Comme elle ne parvenait pas à dormir, elle s'était levée pour aller le retrouver au salon dans l'intention d'étudier les cartes de la région et de mettre au point un plan en attendant que la neige cesse. Mais en constatant qu'il n'était plus là, elle avait été gagnée par une peur irrationnelle. Il l'avait quittée.

Elle commença à douter de pouvoir atteindre la frontière par ses propres moyens dans la neige avant les Russes… ou avant un fermier égaré. C'était pourtant son devoir. Lorsqu'elle avait compris qu'elle n'aurait peut-être pas à le faire seule et qu'il pourrait l'aider, elle avait inconsciemment décrété qu'elle en était incapable par elle-même.

Que lui arrivait-il donc ?

Mais alors qu'elle sombrait dans les premières phases de l'hystérie, il était revenu. Et trente secondes plus tard, elle se retrouvait debout sur son lit – où il ne s'était strictement rien passé en six mois – en train de se demander si elle allait se lancer dans un striptease silencieux.

L'occasion ne se représenterait peut-être pas de sitôt. Quand recroiserait-elle un homme aussi sexy et en même temps tellement agaçant que cela empêcherait tout sentiment d'attachement ?

— Enlève-les ou je le fais à ta place, dit-il d'une voix provocante.

— Essaie toujours, répliqua-t-elle en se préparant à la lutte.

Mais il ne fit pas un geste pour lui arracher ses vêtements. Il monta sur le lit à côté d'elle et lui prit la main pour garder l'équilibre malgré les rebonds du matelas, puis écarta les cheveux de son visage et l'embrassa. Avec passion et lenteur, comme s'il était vraiment amoureux d'elle. Une émotion inconnue s'empara d'Abby et chacun des contacts de la langue de Mal générait une nouvelle vague de chaleur qui se répandait dans tout son corps.

Elle se détendit sous l'effet prolongé du baiser. Il écarta ses cheveux, comme il l'avait fait la nuit précédente, mais avec douceur et insistance, jusqu'à ce qu'elle lui présente sa gorge. Il l'embrassa jusqu'au creux de l'épaule, et l'air froid de la pièce se faisait sentir sur l'humidité que les lèvres de Mal laissaient sur sa peau. Elle frissonna.

Ill lui frotta alors les bras comme pour la réchauffer. Elle se laissa faire, incapable de dire si c'était sa présence qui lui faisait tourner la tête ou si le matelas tanguait sous ses pieds.

Il attrapa son gilet et le releva le long de son corps. La chair de poule la gagna à mesure que sa peau se retrouvait exposée à l'air de la pièce. Il le fit glisser par-dessus sa tête et la laine lui frotta les tétons avec une insistance presque insupportable.

Mal laissa tomber le gilet par terre et Abby sentit que l'air froid rendait sa peau hypersensible. Elle s'attendait à ce qu'il lui saute dessus, mais il faisait preuve d'un sang-froid inébranlable. Elle ne savait pas trop si ce changement lui plaisait. Cela semblait personnel, comme s'il établissait une connexion avec une partie intime de son être. Mais elle savait que ce n'était pas son genre. Probablement pas.

Sans la quitter des yeux, il lui balaya la jambe pour la déséquilibrer. Elle tomba à la renverse sur le matelas avec un petit rire surpris. Elle avait raison, ce n'était pas son genre.

— C'est un truc vieux comme le monde, ma belle, dit-il en déboutonnant sa chemise.

D'un bond gracieux, il se releva et fit descendre son pantalon jusqu'à ses pieds. Abby n'avait d'yeux que pour son érection.

— Ça aussi, c'est vieux comme le monde, observa-t-elle avec un grand sourire tout en lui tendant la main.

Il n'y prêta pas attention et s'assit à côté d'elle. Abby se dressa sur les coudes.

— Tu n'as peur de rien, déclara-t-il en passant la main sur son ventre.

Il n'avait pas dû remarquer sa panique lorsqu'elle avait cru qu'il l'avait quittée sans un mot.

— Personne n'a peur de rien. C'est trop dangereux.

— Je ne parlais pas du cadre professionnel. Ici, seule avec moi. Tu me connais à peine, mais tu n'es ni gênée ni inquiétée par ma présence, même si tu es nue, ce qui met généralement les gens dans une position très vulnérable.

Abby fronça les sourcils.

— Je ne me sens pas vulnérable. Je devrais ?

— Ce serait le cas de la plupart des femmes, répondit-il en promenant l'index autour de son téton.

— Je ne suis pas la plupart des femmes, dit-elle en se cambrant pour mieux profiter de cette caresse.

— Non. Tu es bien entraînée.

Elle savait ce qu'il entendait par là. Il était clair qu'il avait suivi le même genre de formation. Qu'il avait appris à tout faire pour protéger les intérêts de son pays, à décider jusqu'où il était prêt à aller, à se débrouiller seul si les choses tournaient mal, à sacrifier son corps si nécessaire, mais en dominant ses émotions, ses pensées et surtout son amour.

— Comme toi. Tu sais d'où je viens, mais toi, où as-tu été formé ?

Elle le soupçonnait d'avoir fait partie du MI5 ou du MI6 avant de rejoindre l'organisation de son père.

Il la regarda dans les yeux.

— Au Régiment.

Elle contint sa réaction. Le Régiment était le surnom donné au SAS, le Special Air Service britannique, l'unité spéciale si exigeante que, selon la rumeur, il arrivait que des candidats meurent pendant la formation. Elle était ravie d'avoir un homme aussi qualifié à ses côtés, mais aussi un peu inquiète. Peut-être cherchait-on à la manipuler ? Les soldats dans son genre ne s'encombraient généralement pas de questions de morale et d'éthique.

— Je ne sais pas si tu me fais peur ou si tu m'excites, répondit-elle avec franchise.

— Les deux réactions sont normales, ma belle. J'y suis resté pendant longtemps, expliqua-t-il tout en la caressant à travers sa culotte.

Elle avait envie de continuer à le questionner. Il était même de son devoir d'en apprendre le plus possible sur lui, mais ce n'était pas ce qui aiguisait sa curiosité. Elle éprouvait un véritable désir de le connaître et c'était une sensation qu'elle devait étancher sur-le-champ. Elle appuya sur sa main pour qu'elle reste en place et le regarda droit dans les yeux.

— J'ai très envie d'en parler, mais ce n'est pas le moment. Là, je ne veux parler de rien et penser à rien. Je te veux.

— C'est très mignon de ta part de croire que je vais te révéler quoi que ce soit à propos de mon ancien boulot, mais je vois ce que tu veux dire.

Sur ces mots, il la débarrassa de sa culotte en un clin d'œil, lui écarta les jambes et s'agenouilla entre elles.

Abby se laissa tomber dans les oreillers. *Oui !*

Mal se servait de sa langue en véritable expert. Chacune de ses caresses la faisait tressaillir de la tête aux pieds. Lui écartant les cuisses encore davantage, il glissa les doigts dans ses plis humides. La chaleur de sa langue et la fraîcheur de ses doigts rigides la firent chavirer. Elle agrippa les draps tandis que la pointe de sa langue l'explorait plus en profondeur. Elle avait vraiment besoin de se laisser aller et d'oublier toute pensée rationnelle.

Une chaleur torride s'était emparée de tout son corps. Elle n'était pas générée seulement par la bouche et les mains de Malone, mais émanait aussi de la sensation de pouvoir s'ouvrir à lui sans avoir à parler ni à se confier. C'était de l'extase à l'état pur. Elle oublia les Russes, le SAS et ses supérieurs de la CIA, qui devaient paniquer à l'idée de la savoir seule dans une tempête de neige.

Des vagues de désir débridé la submergeaient, encore et encore, noyant ses pensées contradictoires dans un océan de sensations physiques.

Il inséra un doigt en elle et Abby se cambra contre lui. Alors que la langue de Mal prenait son clitoris d'assaut, elle s'abandonna de son mieux à cette caresse qui la rendait folle. La chaleur s'accumulait dans ses épaules et en jaillissait en éclairs successifs, comme si elle était branchée à une prise électrique. Les mains et la langue de Malone étaient magiques. Ses doigts tournaient en elle, la faisant trembler, et sa langue s'activait sans relâche autour de son clitoris. Abby se mit à haleter de plus en plus fort sous l'effet de l'orgasme qui montait. Il la submergea enfin et le monde s'écroula autour d'elle. Tout son corps se cambra sur le lit, comme pour prolonger au maximum cette sensation.

Le souffle court, elle ouvrit les yeux et vit qu'il était en train de sortir un préservatif de la poche de son pantalon. Cela la fit sourire. Elle aimait les hommes responsables et bien préparés. Mais lorsqu'il la regarda, il ne souriait pas.

— Tu es une vraie teigne, tu sais, dit-il en prenant son sexe dans la main.

Abby cligna des yeux.

— Comment ça ?

— Avec tes menaces de dire à ton père que je t'avais séduite, puis abandonnée.

Il s'enfonça d'un coup sec en elle, ce qui l'empêcha de répondre. Lui, en revanche, continuait de parler.

— Tu t'es servie de moi sur le toit, murmura-t-il tout en commençant à créer une friction extrêmement agréable entre eux. Tu as voulu me faire chanter. Tu m'as menacé avec un flingue.

— Mmm-hmm.

C'était tout ce qu'elle pouvait répondre tandis qu'elle se cambrait pour mieux l'accueillir.

— Tu m'as ouvert la gorge.

Mais la vengeance d'Abby était prête. Elle prit une inspiration et ouvrit les yeux.

— Arrête, ordonna-t-elle en posant les mains sur ses hanches pour l'immobiliser.

Malone se figea.

— Qu'est-ce qu'il y a ? demanda-t-il, inquiet.

Je te tiens ! triompha la jeune femme.

Elle profita de sa surprise pour glisser une jambe entre eux avant de pousser de toutes ses forces pour le retourner. Ce n'était pas élégant, mais elle obtint le résultat désiré.

— Qu'est-ce que tu f… ?

Elle s'assit sur lui et saisit son sexe d'une main.

— Tu es une vraie teigne, tu sais, dit-elle en prenant l'accent anglais.

Ensuite, elle se glissa sur lui en un mouvement fluide qui lui fit pousser un grognement.

— Tu m'as suivie pendant des jours.

Elle se souleva et attendit quelques instants avant de redescendre, pour mieux le faire mariner.

— Tu as pris des photos de moi à mon insu.

Elle enfonça les ongles dans ses hanches alors que son indignation feinte se muait en colère véritable.

— Tu as pris une fausse identité. Et ensuite, tu m'as baisée.

— Je n'ai pas le souvenir que tu t'en sois plainte, articula-t-il, les dents serrées.

— C'est maintenant que je me plains, répliqua-t-elle furieusement.

Elle ne se maîtrisait plus. Comment osait-il la traiter de la sorte ? Le chantage était l'arme idéale contre les types de ce genre. Sa colère et son excitation étaient engagées dans un bras de fer mortel.

Il plaqua les mains contre ses seins et tira sur ses tétons avec les doigts. Ces nouvelles sensations se mêlèrent à sa rage et à son désir à la manière d'un éclair. Son orgasme arriva d'un seul coup, sans préambule, et l'emporta subitement.

Malone plaqua ses hanches contre les siennes dans ses propres spasmes de jouissance. Elle se détacha de lui presque sans lui laisser le temps de terminer et s'écroula à ses côtés.

— Enfoiré, dit-elle, à bout de souffle.

— Salope, répondit-il avec un sourire exaspérant.

Chapitre 10

Trois heures plus tard, Mal s'était éveillé de son léger sommeil pour constater que la neige ne tombait plus. Il se dressa sur le coude et vit qu'Abby dormait toujours, innocente comme un ange. Cette vision le fit ricaner. *Tu parles.*

Il pouvait se rendormir sans qu'elle s'en rende compte. Après tout, son rôle n'était pas de la réveiller pour qu'elle empêche la Troisième Guerre mondiale, selon ses propres mots. Il se recoucha, aux prises avec sa conscience. C'était insupportable. Personne n'était en mesure de lui faire admettre qu'il avait une conscience, pas sans en souffrir les conséquences en tout cas.

Le plus simple était d'agir comme à son habitude : mener la mission à son terme et partir. Il avait assuré la sécurité d'Abby, qui avait amplement démontré qu'elle était capable de s'en sortir seule. Mais comme elle le lui avait dit, il ne pouvait en faire la preuve sans révéler à son père la véritable nature de son métier, même s'il était persuadé que les agents infiltrés avaient le droit d'en informer leurs proches s'ils le souhaitaient.

Il se demanda si Baston n'était pas déjà au courant de ce que faisait sa fille. Mais si cela avait été le cas, il ne se serait pas donné autant de mal pour s'assurer qu'elle était en sécurité. *Bordel!* Mal détestait se retrouver pris entre deux feux dans ce genre de situation tendue. Et en parlant de tendu… il sentit son sexe réagir à la proximité de la jeune femme alors même qu'il était en train de maudire sa duplicité. Peut-être était-ce cette caractéristique qui l'attirait tant. Peut-être aimait-il se faire manipuler de manière aussi directe.

Il tendit la main vers elle.

— Je te conseille de t'arrêter là.

Surpris par sa voix, il reposa le bras sur la couverture.

— Je voulais juste te réveiller. Tu ronfles comme un ours, dit-il en posant les pieds par terre.

Elle ne réagit pas à cette provocation.

— Tu étais censé me prévenir quand la neige cesserait.

Elle se leva sans se soucier de sa nudité. Malone, immobile, admirait le spectacle de ses tétons durcis par le froid et de ses muscles bien dessinés sous sa peau.

— C'était ton tour de garde. C'était plutôt à toi de me réveiller.

— Crétin !

— Ne l'oublie jamais, mon cœur.

Il se leva à son tour, sortit ses vêtements thermiques de son sac et s'habilla.

— Qu'est-ce que je ne dois jamais oublier ? demanda-t-elle en passant la tête par l'embrasure de la porte de la salle de bains.

— Que je suis un crétin. Tu me forces à t'aider, mais vu ton métier, tu dois savoir que quand on utilise ce genre de pressions, ça se termine rarement bien, dit-il en nouant ses lacets.

Abby haussa les épaules.

— J'ai confiance en toi.

— Tu ne devrais pas. Je tiens beaucoup à ma peau et je ne sais pas comment je réagirai si tu me mets en danger. Tu ferais mieux de ne me faire confiance pour rien. Considère-moi comme un sex-toy ambulant.

Il savait que cette phrase ne redorerait pas son blason, mais c'était plus fort que lui.

— Je ne suis pas inquiète. Si tu deviens trop énervant, ou si tu mets ma peau en danger, ou ma mission, je n'hésiterai pas à t'abattre.

Sur ces mots, elle disparut de nouveau.

— Ça risque d'être dur, vu que c'est moi qui ai ton flingue.

Elle ne répondit pas, mais il entendit le cliquetis caractéristique d'un fusil.

— D'accord, dit-il, amusé par son ingéniosité. Qu'est-ce que tu caches d'autre là-dedans ?

— De la laque.

— Génial.

Elle avait un humour mordant qui ferait le bonheur de sa sœur. Il nota dans un coin de sa tête qu'il ne fallait jamais qu'elles se rencontrent.

Elle émergea de la salle de bains comme si elle sortait du jeu *Tomb Raider*. Elle portait la même combinaison blanche que lui et des armes de la même couleur : un couteau blanc attaché à sa cuisse, un pistolet à l'épaule et un fusil dans le dos.

— Tes patrons de la CIA te fournissent tout ce matériel, mais ils ne sont pas fichus de te donner un téléphone satellite en état de marche ? C'est vraiment n'importe quoi.

C'était la raison pour laquelle il était passé dans le privé. Il ne pouvait plus compter le nombre de fois où il s'était retrouvé dans des situations délicates sans disposer de l'équipement adéquat. Désormais, cela appartenait au passé.

Abby haussa les épaules.

— Ils ont dû penser que j'aurais plus besoin de l'un que de l'autre, répondit-elle en hésitant comme si c'était la première fois qu'elle y réfléchissait elle-même. Bon, tu es prêt ?

— On va dire que oui, soupira-t-il comme si elle le forçait à venir contre son gré.

Il ne savait pas dans quoi il s'engageait. Cela ne le dérangeait pas de la suivre dans sa « mission », si douteuse soit-elle, mais les inconnues étaient bien trop nombreuses à son goût. C'était la première fois qu'il se lançait ainsi à l'aventure sans savoir à peu près ce qui l'attendait. Tout pouvait arriver : délinquants désireux de se venger d'avoir reçu une raclée de la part d'une femme, rhume carabiné après des heures de marche dans la neige, Troisième Guerre mondiale… Le choix était aussi vaste que varié.

Ils descendirent par l'escalier. Les rues silencieuses étaient plongées dans l'obscurité. L'électricité n'était toujours pas revenue et la lune était trop basse pour illuminer la ville.

— Marche au milieu de la rue tant que c'est possible, conseilla-t-il en la tirant par la manche.

— Pourquoi ? demanda-t-elle en dégageant son bras.

— Parce qu'il y a plus d'obstacles sur le trottoir que sur la chaussée. Des rebords, des trous, des déchets, des crottes de chien…

— La chaussée ? Tu ne peux pas dire la route, comme tout le monde ?

Il soupira.

— C'est un terme trop complexe pour toi ?

— Non, mais j'ai pris pour habitude de corriger les fautes des étrangers. C'est le meilleur moyen pour qu'ils apprennent. Tu devrais prendre exemple sur la reine, ajouta-t-elle en accélérant le pas.

— Tu veux dire la dame qui vit à Buckingham ? Je n'ai pas vu son passeport, mais tu dois savoir qu'elle vient d'une lignée allemande, non ?

— Quoi ? répliqua-t-elle, agacée qu'il ait toujours réponse à tout.

— Sa famille n'est pas anglaise depuis si longtemps que ça, si on y réfléchit…

— Oh, va au diable, s'énerva-t-elle en s'éloignant à grands pas.

— J'essaie, c'est toi qui ne veux pas me lâcher.

Il ne savait pas pourquoi il éprouvait une telle satisfaction à la voir perdre son calme, mais le fait était qu'il s'amusait comme un petit fou, au point qu'il ne remarquait presque plus le froid.

Ils sortirent de la ville. Il était 3 heures du matin et ils n'avaient croisé personne, ni même entrevu la lueur d'une bougie à une fenêtre. L'air était glacial et le seul mouvement qu'ils apercevaient était leur souffle qui se cristallisait devant eux.

L'idée qu'elle allait peut-être causer leur mort à tous les deux la paralysait. Risquer la vie de Malone ne la dérangeait pas outre mesure – il aurait d'ailleurs de la chance si elle ne le tuait pas elle-même – mais s'ils mouraient avant de découvrir si les Russes envahissaient bien l'Ukraine, elle aurait échoué dans sa mission. C'était inacceptable pour elle, pourtant à chaque pas qu'elle faisait dans la campagne enneigée, sa confiance diminuait un peu plus.

Malone marchait derrière elle. Elle se demandait s'il aurait accepté de venir si elle ne l'y avait pas forcé en menaçant de lui faire perdre son emploi. Elle ne le saurait jamais avec certitude, mais vu le peu qu'elle connaissait de lui, elle devinait la réponse.

Il prononça quelques mots inaudibles.

— Quoi ? dit-elle sans ralentir.

— Je rêvais d'un endroit chaud, répéta-t-il.

Mais alors qu'elle pensait qu'il avait juste envie de se plaindre, il poursuivit :

— J'ai déjà souffert de gelures dans une grotte d'Afghanistan. Je pensais que j'en avais fini avec le froid, mais c'est là que tu as débarqué. Ou ton père, plutôt, et voilà où j'en suis aujourd'hui. J'en viens à regretter de l'avoir rencontré. Je ne sais pas grand-chose sur la CIA, mais je suis sûr que si tu entres en contact avec ses agents, ils t'enverront des renforts. Il n'est écrit nulle part que ça doit être moi. Ça fait six mois que je me retrouve mêlé à des histoires américaines. Pourquoi est-ce que vous compliquez toujours les choses ?

La tête basse, il ressemblait à un vieux grognon marmonnant dans sa barbe. Abby sourit triomphalement.

— Pour quelqu'un qui semble tout savoir, tu racontes beaucoup de bêtises.

Elle avait envie de lever les yeux au ciel, mais vu le froid, elle avait peur de ne pas pouvoir les refermer, comme le lui avait dit un jour sa deuxième belle-mère.

Il se tut, mais elle trouva soudain ce silence pesant, presque trop intime, chargé de non-dits.

— J'aurais pu les alerter, mais personne ne se serait déplacé pour un capteur qui est peut-être simplement en panne de batterie. Je ne les ai pas toutes remplacées. Si j'appelle à l'aide pour rien, je risque d'être mutée au Groenland jusqu'à la fin de ma carrière. Ils ne m'ont pas recrutée pour que je panique au premier coup dur, mais pour ma capacité à gérer ce genre de situation.

Son souffle sortait de sa bouche sous forme de vapeur, puis s'effaçait. Si seulement ses mots, et tant d'autres choses, d'ailleurs, pouvaient disparaître ainsi au bout de quelques secondes…

— Tu as été recrutée ? Tu n'as même pas posé ta candidature ?

— J'ai été approchée dès la fin du lycée. J'ai passé un semestre à la fac, le temps que le processus de recrutement se termine, puis je suis allée directement à la Ferme.

Elle avait été de loin la plus jeune de sa promotion, ce qui l'avait isolée des autres. Elle n'avait pas l'âge légal pour aller au bar de la Ferme et elle ne pouvait pas sortir avec ses camarades en dehors des cours, ce qui l'avait empêchée de se faire beaucoup d'amis. La plupart de ses condisciples travaillaient pour le gouvernement depuis des années, que ce soit dans la police, dans l'armée ou pour le FBI. Elle n'était qu'une gamine dont tous se méfiaient et que tous rabaissaient à la moindre occasion. Bien entendu, elle avait rompu tout contact avec eux une fois la formation terminée. Elle ressentait aujourd'hui la même incertitude qui avait gâché ses années à la Ferme et elle détestait cela.

— Tu devais être une sacrée bosseuse pour qu'on te recrute directement.

— Comment ça ? questionna-t-elle, sur la défensive.

— Une espèce de *nerd*, si c'est plus clair pour une Amerloque comme toi.

Elle ne voyait pas son visage, mais elle était prête à jurer qu'il arborait le petit sourire qu'elle détestait tant.

— Et toi ? Comment tu t'es retrouvé au SAS ? interrogea-t-elle franchement, car elle ne voulait pas être la seule à accepter de dévoiler ses secrets.

— Je suis entré dans la piétaille dès la sortie de l'école. Je venais d'avoir dix-huit ans…

— « La piétaille » ? répéta-t-elle, essoufflée par les efforts de la marche dans la neige.

— L'infanterie volontaire. La chair à canon de l'armée. Ceux qu'elle envoie en grand nombre en première ligne. Ceux qui reviennent vivants ont une petite chance de promotion.

Malone, en revanche, semblait respirer tout à fait normalement, ce qui le rendait encore plus agaçant.

— Continue.

Elle ralentit un peu le pas pour éviter d'être trop épuisée lorsqu'ils arriveraient à la frontière. Malone se cala aussitôt sur son rythme.

— Moi, je revenais toujours et à force, mon supérieur m'a demandé si j'avais jamais envisagé d'entrer au Régiment. (Il rit doucement.) C'est comme demander à un gamin s'il a jamais voulu devenir Superman. C'était notre rêve à tous, mais aucun d'entre nous n'y croyait vraiment. À l'époque, ceux qui essayaient n'y survivaient pas tous.

— Et tu étais prêt à risquer ta vie juste pour découvrir si tu avais le niveau ?

Si son visage n'avait pas été gelé, elle aurait haussé les sourcils. Le grand avantage de l'hiver ukrainien, c'est que personne ici n'avait besoin de Botox.

Il ne répondit pas. Elle finit par tourner la tête vers lui et il haussa les épaules.

— Honnêtement, je n'y ai pas beaucoup réfléchi. Quand on te demande de servir ton pays, tu ne poses pas de questions.

C'était tout à fait vrai.

— Non. Moi aussi, je me suis dit que puisqu'on m'acceptait, je ne pouvais pas refuser.

— On se ressemble, donc, répondit-il avec son sourire exaspérant.

Elle s'immobilisa net pour lui signifier que la liste de leurs différences était trop longue pour être énumérée, mais il l'attrapa aussitôt par les épaules et la força à avancer.

— Ne t'arrête pas, c'est trop dur de repartir. Continue de marcher. Ton indignation te réchauffera.

S'il commençait en plus à prévoir ses réponses... Décidément, il devenait de plus en plus insupportable. Elle baissa la tête et se remit en marche, bien décidée à ne pas lui faire l'honneur d'une réponse. Elle se demandait si le moment n'était pas venu d'essayer le satellite maintenant qu'ils étaient sortis de la ville. D'un autre côté, elle n'avait pas grand-chose à dire à Langley. Elle appellerait lorsqu'ils auraient trouvé ce qui se passait avec le capteur. Lorsqu'elle aurait trouvé, se corrigea-t-elle.

— Tu as senti ça ? interrogea-t-il.

Le vent venait de se lever brutalement, si froid que son visage, la seule partie de son corps vulnérable aux éléments, se mit à brûler. Le vent était synonyme de neige. Le blizzard recommençait.

Elle se tourna vers Mal et cria pour se faire entendre.

— On ne doit pas être loin de l'orphelinat. Accélérons pour tenter de l'atteindre avant que…

Elle laissa sa phrase en suspens, car d'énormes flocons se posaient déjà sur leurs figures.

— Merde, jura-t-elle.

— Continue de marcher. Quoi qu'il arrive, ne t'arrête pas, d'accord ?

Elle hocha la tête. Quelques minutes plus tard, tout dialogue était devenu impossible. Le vent tourbillonnant projetait les flocons sur leurs visages et gênait leur progression. Pourquoi avait-elle insisté pour s'embarquer dans cette mission absurde ?

Ils marchèrent pendant une heure. C'était ce qui semblait à Abby, en tout cas. Il ne s'était peut-être écoulé que dix minutes, ou deux cents. Ils étaient forcément près de l'orphelinat. En cas de besoin, ils pourraient toujours s'abriter dans la grange le temps que la tempête soit passée.

Tout à coup, la tourmente cessa, comme par enchantement.

— Attention ! cria Malone.

Abby se retourna, mais sentit alors la neige se dérober sous son pied gauche. Il l'attrapa et la tira en arrière mais, entraîné par son élan, tomba dans la crevasse dont il venait de la sauver. En le voyant disparaître, elle comprit qu'il s'agissait de la rive du ruisseau qui coulait le long de la route. Elle savait qu'il n'était pas profond, mais elle entendit un gros bruit d'éclaboussures de mauvais augure.

— Ça va ? s'enquit-elle.

Mal se releva avec un grognement.

— Rien qu'un bon cocktail sur une plage ne saurait arranger.

— Bon sang, Garrett, tu ne prends donc jamais rien au sérieux ? dit-elle tout en piétinant pour ne pas se refroidir.

— Tant que rien ne m'y oblige, non. Allez, on y va.

Peut-être n'était-il pas trempé jusqu'aux os, après tout.

— L'orphelinat est tout près. Je ne voulais pas y aller, mais maintenant…

— C'est bon. Finissons-en pour que je puisse revenir à la civilisation.

— Comme tu veux !

La lueur de la lune faisait ressortir les contours de l'orphelinat et de ses dépendances. Mais soudain, la jeune femme aperçut du mouvement.

— Qu'est-ce qui se passe là-bas ? demanda-t-elle en pointant la ferme du doigt.

Mal se contenta de hausser les épaules.

On aurait dit des lampes torches qui balayaient la neige. Les Russes étaient-ils déjà là ? Elle courut jusqu'à la limite des lumières.

— Dimitri ! Lana ! Les enfants !

Le sang d'Abby se figea dans ses veines. Les enfants avaient disparu ?

— Mon Dieu, les petits sont dehors par cette tempête ?

Elle se décida aussitôt, ôta sa combinaison et la tendit à Malone.

— Je vais faire diversion. Toi, va jusqu'à la grange sur la droite. Elle n'est pas fermée et tu y trouveras de la paille. Restes-y jusqu'à ce que je vienne te chercher.

— Compris.

Il prit la combinaison sans protester – ce qui était reposant de sa part –, et obéit comme… de la piétaille.

Abby se mit à courir le long de la route en criant pour attirer l'attention de Tanov.

— Qu'est-ce qu'il y a ? demanda-t-elle tandis que les lampes se braquaient sur elle.

— Qu'est-ce que tu fais ici ? Et habillée comme ça ? lança Tanov.

— J'ai laissé ma voiture un peu plus loin. Je suis venue maintenant parce que j'avais peur que la route ne soit bloquée demain. Qu'est-ce qui s'est passé ?

Elle se frottait les bras et faisait de son mieux pour empêcher ses dents de claquer, tout cela sous le regard dubitatif de Tanov.

— Dimitri et Lana sont introuvables. Ils étaient très excités quand la neige a commencé à tomber et je crains qu'ils ne soient dehors. Enfile un manteau et viens nous aider. Il y a une lanterne électrique dans la cuisine.

Abby ne comprenait pas comment les enfants avaient pu sortir de la maison verrouillée, même pour jouer dans la neige. Mais s'ils étaient bien au-dehors, il fallait les retrouver rapidement, et elle devait surtout être seule quand elle fouillerait la grange. Le cœur battant, elle essaya d'étouffer la peur qu'elle ressentait pour ses petits protégés. Qui survivrait à de telles conditions ? Malone et elle avaient failli y rester. Cette pensée la fit frémir.

Elle s'emmitoufla dans l'un des manteaux de Tanov et prit la lampe dans la réserve, puis ressortit en courant. Elle tomba sur Brigda, qui était en train de regarder derrière la pile de bois qui s'étendait de la maison au poulailler.

— Vous avez vérifié la grange ? demanda-t-elle.

— *Da*. Première chose, dit l'Ukrainienne qui, pour une fois, ne grimaçait pas à l'idée de lui parler.

Dieu merci !

— Où voulez-vous que je cherche ? poursuivit la jeune femme avec insistance, pressée d'avoir une tâche à accomplir.

— Va voir dans le pré, cria Tanov, qui passait devant elles.

Abby regarda la grange. Elle espérait que Malone parviendrait à ne pas trop se refroidir. Quelques secondes plus tard, elle s'élançait sur le chemin qu'elle avait pris quelques heures plus tôt pour aller changer les batteries des capteurs. Elle était terrifiée à l'idée de retrouver les deux orphelins dans la neige. Ils étaient trop petits pour avoir eu la présence d'esprit de se couvrir suffisamment pour ce temps.

Elle s'arrêta rapidement. Il n'y avait aucune trace dans la neige entre elle et le pré. Peut-être avaient-ils disparu avant l'arrivée de la tempête ? Cette dernière n'avait peut-être même pas frappé la ferme.

Elle s'en voulait de ne pas avoir posé ces questions. Elle repartit en courant vers le champ. Elle ne le voyait pas de là, mais il n'était plus très loin. Elle ne distinguait ni traces de pas, ni – Dieu merci – petites formes enfantines couchées dans la neige. Une blancheur immaculée s'étendait à perte de vue. Elle leva une dernière fois sa lanterne en espérant que si des soldats russes étaient bien amassés le long de la frontière, ils ne la verraient pas.

Elle entendit alors un cri de triomphe derrière elle et revint en courant.

— Tout va bien, tout va bien, répétait Tanov en boucle.

Elle arriva juste à temps pour le voir se précipiter dans la maison, un enfant dans chaque bras. Elle le rattrapa alors qu'il entrait dans la cuisine.

— Qu'est-ce qui s'est passé ? Ils vont bien ? s'enquit-elle.

— *Da.* Je pense. Ils étaient dans le poulailler. Ils voulaient vérifier que les poules n'avaient pas froid.

— Merci, mon Dieu, soupira-t-elle, submergée par le soulagement.

Elle s'effondra sur une chaise tandis que Brigda ouvrait son fourneau pour remuer les cendres et ajouter du bois.

— Aide-moi, ordonna-t-elle en tendant à Abby les couvertures qu'elle avait fait chauffer et dont irradiait une chaleur réconfortante.

Abby emmitoufla Lana dans la première et Tanov en fit de même avec Dimitri. Elle s'installa devant la cheminée, posa la petite sur ses genoux et lui massa le bas du dos. De nombreuses veines passaient par là, c'était donc l'endroit idéal pour commencer à la réchauffer.

Tanov la regarda faire, puis l'imita avec Dimitri. Les enfants étaient conscients, mais somnolents, ce qui était un signe de début d'hypothermie.

— Je crois qu'ils sont allés voir poules, mais trop froid pour revenir. Un peu plus chaud dans poulailler que dehors, donc j'espère eux pas en danger, dit-il dans un anglais que l'émotion rendait bancal.

— Ça va aller, le rassura-t-elle.

Brigda était en train de faire chauffer une casserole de lait ainsi qu'une grosse bassinoire en cuivre.

— Ils vont dormir avec nous, déclara-t-elle en ukrainien à son mari. On les gardera au chaud.

— *Da*, répondit Tanov tout en faisant boire Dimitri.

Brigda, qui n'avait plus rien à faire, tendit les bras pour prendre Lana.

— Maintenant, tu t'en vas, dit-elle à Abby en anglais.

— Tu peux dormir ici, Abby. Dans la chambre du haut, intervint Tanov en hochant la tête.

Il savait qu'elle y conservait du matériel, dont un ordinateur, dans l'armoire. Brigda n'était pas censée être au courant.

— Merci. Je suis heureuse que vous les ayez retrouvés.

Elle quitta la cuisine. Tanov se leva, Dimitri toujours dans les bras, et dit à sa femme d'emporter Lana. Ils allaient se coucher eux aussi, au grand soulagement d'Abby. Elle allait pouvoir aller chercher Malone et l'installer dans la chambre d'amis sans que le couple ukrainien s'aperçoive de sa présence.

Elle attendit que la lumière de leur chambre soit éteinte, patienta dix minutes supplémentaires, puis réenfila le manteau de Tanov et ouvrit sans bruit la porte de la cuisine pour disparaître dans la nuit.

Chapitre 11

Dès qu'il pénétra dans la grange, Malone comprit que la situation était grave. Ses jambes étaient devenues complètement insensibles. Il ôta sa combinaison et remonta son jean. Sa peau était marbrée et il ne sentait même plus le contact de ses doigts. Il les massa doucement pour faire revenir le sang. Il avait même cessé de frissonner. Il savait ce que ces symptômes signifiaient.

La perspective était sombre, mais après être tombé dans l'eau, il n'avait pas eu d'autre choix que de continuer en gardant ses vêtements trempés sur lui.

À moins de mettre le feu à la paille – ce qui ne semblait pas être une très bonne idée –, il n'avait rien pour se réchauffer dans la grange. Il entendait des cris au-dehors, mais il ne comprenait pas ce que les gens disaient.

Il se demanda ce que sa sœur pouvait bien être en train de faire. Quel était le décalage horaire entre la Grèce et la Californie, déjà ? Il se rappela soudain qu'il n'était pas en Grèce, mais en Ukraine, avec la fille de Baston. *Abby. La charmante, l'insupportable Abby.* Aurait-il de gros ennuis avec son patron s'il l'épousait ? Ou s'il mourait, la laissant seule pour faire face aux Russes ?

Il essaya d'enfouir les jambes dans la paille, mais il n'y en avait pas assez. Il imagina ensuite Abby, rongée par l'inquiétude, en train de lui parler. *Avec son tact habituel, probablement.* Il était heureux que son imagination ait le son coupé. Il se doutait que ses paroles n'auraient rien de très réconfortant. Il ne s'en offusquait pas, d'ailleurs. Il avait été formé à faire passer la mission avant son propre confort, comme tous ses collègues.

Le pays avant tout. Le pays avant tout. Le pays…

Une douleur dans la tête et dans les extrémités le tira du sommeil. Il avait l'impression d'être coincé sous un objet très lourd qui lui coupait la circulation dans les bras et les jambes, et…

Il ouvrit à moitié les paupières. Où était-il ? Il resta immobile, les yeux mi-clos au cas où il aurait été capturé. Feindre l'inconscience offrait de précieuses minutes pour étudier l'environnement. Il inspira lentement. Une odeur de noix de coco lui envahit les narines et il sentit des cheveux dans sa bouche. Il toussa et les recracha.

— Charmant, marmonna la masse qui lui pesait sur le corps.

Il ouvrit les paupières. C'était Abby, collée contre lui. Elle cligna des yeux et bâilla.

— Comment tu te sens ? s'enquit-elle en passant un pied le long de sa jambe et en lui touchant les côtes. Tu sembles moins froid que quand je t'ai récupéré.

— Tu m'as récupéré ? Attends une minute. Qu'est-ce qui s'est passé ? interrogea-t-il tandis que les souvenirs lui revenaient petit à petit. Vous avez retrouvé les gosses ?

— Oui, ils gardaient les poules au chaud, expliqua-t-elle en riant.

— Bien.

Il se remémora le petit garçon qui lui avait souri pendant qu'il surveillait Abby dans les champs et se demanda si c'était de lui qu'il s'agissait.

Soudain, il se rendit compte qu'il était nu et qu'elle ne portait que ses sous-vêtements.

— Tu m'as déshabillé ?

— Chut, murmura-t-elle. Personne ne sait que tu es là. J'ai attendu que tout le monde dorme pour te faire entrer dans la maison. Et oui, je t'ai déshabillé. Tu ne m'avais pas dit à quel point tu étais trempé.

— Entre nous, tu ne me dis jamais quand tu es mouillée toi non plus, lui susurra-t-il à l'oreille.

À cette pensée, son sexe durcit.

— On dirait que tu te sens mieux, soldat, gloussa-t-elle.

Il lui caressa les côtes et Abby se tortilla contre lui. Il ne tenta même pas de lui cacher son excitation, car cela aurait été inutile.

— Raconte-moi ce que tu as fait quand tu m'as trouvé.

Il sentit qu'elle souriait contre son épaule. Abby recula et posa le menton sur sa main étalée sur le torse de Mal.

— Quand je suis arrivée dans la grange, tu délirais complètement. J'ai réussi à te faire monter jusqu'ici sans que personne ne nous entende, ou sans que les propriétaires sortent de leur chambre pour venir voir, en tout cas. Ensuite, poursuivit-elle en lui caressant le bras, je t'ai assis sur le lit et je t'ai déshabillé, puis je t'ai massé les membres pour les réchauffer. Comme ça.

Elle lui prit la main et se mit à la triturer jusqu'à ce qu'il sente la chaleur monter dans une tout autre partie de son corps. Elle lui souffla ensuite sur les doigts en les approchant de sa bouche et lui lécha le bout du majeur, si vite qu'il crut l'avoir imaginé. Son corps, en revanche, réagit aussitôt.

Il savait qu'elle avait senti le mouvement de son sexe contre sa jambe, car elle recommença. Il baissa la tête et vit qu'elle enfonçait tout son doigt dans la bouche.

La chaleur qui se répandait dans tout son corps prouvait que sa mésaventure dans le ruisseau glacé ne lui avait laissé aucune séquelle. Avec Abby aussi proche de lui, comment pourrait-il jamais avoir de nouveau froid ?

Il se tourna sur le flanc pour lui faire face.

— Tu es une horreur, déclara-t-il d'une voix solennelle.

— Qu'est-ce que j'ai encore fait ? soupira-t-elle.

Il glissa la main sous les couvertures, releva les genoux d'Abby et progressa le long de sa cuisse jusqu'à sa culotte.

— Ta première pensée quand tu t'es réveillée a été d'abuser d'un convalescent, expliqua-t-il en passant les doigts sous le tissu. Tu vois ? J'avais raison, tu ne me dis jamais quand tu es mouillée.

Il secoua la tête avec un petit bruit désapprobateur tandis qu'elle se cambrait contre lui et passait la jambe autour de sa taille. Malone lui caressa le clitoris et elle gémit de plaisir. Il fit un peu jouer ses doigts sur elle, ravi de sa douceur et de sa réaction.

— Tu as envie de moi ? murmura-t-il.

Abby hocha la tête et se mordit la lèvre avec un air qui le rendit fou, puis attrapa son sexe et le guida contre elle.

Il la pénétra d'un coup sec et étouffa son gémissement avec ses lèvres.

Le lit était si petit que Mal ne pouvait que la tenir contre lui tandis qu'il la pilonnait. Elle était si étroite et si brûlante que plus rien d'autre n'existait au monde. Il n'y avait plus qu'eux, liés l'un à l'autre, bouche contre bouche, se renvoyant le même souffle. Les doigts de Malone retrouvèrent le chemin de son clitoris. Il mourait d'envie de la goûter de nouveau, mais il se trouvait très bien là où il était. Enfoui en elle, sentant qu'elle respirait son oxygène, qu'elle cédait sous ses doigts… et sous sa volonté.

Elle lui mordit le cou tout en se balançant contre lui. La jambe toujours enroulée autour de sa hanche, elle l'attira encore plus près. Il était si proche de la jouissance qu'il s'immobilisa, laissant ses doigts glisser autour du clitoris d'Abby. Celle-ci pantelait de plus en plus fort. Comme si elle s'en rendait compte, elle le mordit à l'épaule. Elle se laissa aller à l'orgasme. Son vagin fut pris de spasmes qui enserrèrent la verge de Malone. Ce dernier plaqua son bassin contre le sien et éjacula au plus profond d'elle, submergé par le plaisir et par la douleur de sa morsure à l'épaule.

Il la tint serrée contre lui, sans dire un mot, de peur de tout gâcher. Il la voulait dans sa vie. Enfin, dans sa maison, tout du moins, ce qui serait déjà une révolution dans son existence. Et il comptait bien garder cela pour lui jusqu'à ce que la mort les sépare.

Elle le maudissait, lui, ses doigts, sa queue et sa langue bien pendue. Elle resta contre lui quelques instants en se demandant si c'était ce que les gens normaux ressentaient. La chaleur des bras d'un homme, une certaine vulnérabilité contre laquelle elle s'était toujours protégée.

Le plus drôle, c'était qu'elle réfléchissait à tout cela avec un homme qui ne respirait ni le réconfort ni la sécurité émotionnelle, bien au contraire. C'était d'ailleurs peut-être pour cela qu'elle pouvait explorer sa propre vulnérabilité avec lui, parce qu'elle savait que leur liaison était superficielle et qu'elle ne pouvait pas compter sur lui. Ce qui était sa propre faute, soit dit en passant.

Elle roula sur le dos et posa un pied par terre. Faire chanter quelqu'un pour obtenir son aide, puis regretter de ne pas pouvoir lui faire confiance… Elle récoltait ce qu'elle avait semé. Pourquoi ne s'était-elle pas contentée de lui demander poliment son assistance ? C'était certainement ce qu'aurait fait une personne normale, mais la normalité s'était évaporée de sa vie après le lycée.

Lorsqu'elle était arrivée à la grange, elle avait été prise d'une peur panique à l'idée de le perdre. Il était vivant, mais il délirait. Il lui avait fallu fournir un effort surhumain pour le traîner jusqu'à la chambre sans faire de bruit. Elle s'en voulait beaucoup de l'avoir entraîné dans une telle situation et de lui avoir fait revivre son calvaire afghan. Par chance, il avait été incapable de parler lorsqu'elle l'avait déshabillé pour essayer de le réchauffer avec son propre corps sous les couvertures.

Ressentait-elle quelque chose pour lui ? Ou bien était-ce la réaction normale face à une personne aux portes de la mort ? Et pas seulement une personne : un allié forcé, qui la faisait rire même si elle feignait l'exaspération permanente. Il l'avait empêchée de tomber dans le ruisseau et s'était sacrifié pour elle. Qu'est-ce que cela signifiait ? Avait-il de l'affection pour elle malgré les circonstances ? La situation était trop embrouillée pour qu'elle la démêle. Elle renonça, se leva et s'étira.

— Si tu pouvais sortir un petit déjeuner complet de ton sac, tu serais un ange tombé du ciel.

— Désolé, mes œufs se sont cassés quand je suis tombé dans le ruisseau en voulant te retenir.

Abby se figea. Inconsciemment, elle n'avait peut-être pas envie de lui être redevable, c'était pourtant le cas.

— C'était très… (Elle hésita, car elle ne trouvait pas le mot juste. *Courageux ? Gentil ? Protecteur ?*) maladroit de ta part, mais merci quand même.

Pourquoi avait-elle dit cela ?

Il ne sembla pas se vexer de ce commentaire désobligeant. Au contraire, il sourit comme si de rien n'était.

— Il y a une douche par ici ?

— Le grenier est indépendant, répondit-elle en lui montrant la porte, mais mon patron ne voulait pas que je vive avec eux. J'avais des informations à déposer dans une boîte aux lettres et en habitant ici, je n'aurais pas eu la liberté de mouvement nécessaire. Et à ce propos, on est coincés ici jusqu'à ce soir, mais au moins, on a une vue imprenable sur notre zone cible.

Le champ voisin de la maison était invisible, car il occupait une petite combe, mais la frontière était bien en vue, repérable à la haie qui marquait la limite entre les deux pays. De là, Abby en apercevait vingt kilomètres, non surveillés dans une campagne déserte. Elle soupira et se retourna vers Malone.

— Tu veux passer le premier ? demanda-t-elle.

— On pourrait économiser l'eau, suggéra-t-il avec un regard enjôleur.

— Pas vraiment. Va voir.

Elle sortit une serviette d'un tiroir et la lui lança, puis, complètement nu il se dirigea vers la minuscule salle de bains. Il entra, et ressortit aussitôt la tête.

— Je ne pige pas. On est censés s'accroupir ou s'agenouiller ? Tu es sûr qu'elle est conçue pour des êtres humains ?

— Je suis certaine que tu vas trouver une solution, répondit-elle en levant les yeux au ciel.

Pendant qu'il se lavait, elle sortit ses jumelles et son PC. La ferme ne bénéficiait d'aucun réseau. Lorsqu'elle avait mentionné le wi-fi au couple ukrainien, mari et femme l'avaient regardée sans comprendre. Heureusement, les jumelles enregistraient les images qu'elle pouvait télécharger sur son ordinateur. Jusque-là, elle n'avait encore rien repéré.

Lorsqu'elle retournerait à son appartement – à condition que les dieux de la neige soient en sa faveur –, elle pourrait envoyer les données au serveur pour que les analystes de Langley les… analysent ? Elle croisait les doigts, mais elle doutait qu'ils trouvent quoi que ce soit. C'était peut-être une tactique pour les occuper et leur faire croire qu'ils étaient enfin utiles à quelque chose après des mois d'inactivité.

Malone ressortit, vêtu de sa serviette. Qu'il était viril : bronzé, le torse poilu, des gouttes d'eau luisantes sur sa peau…

Elle avala sa salive et retourna à la fenêtre.

Malone lui assena une tape sur les fesses.

— À toi. J'ai laissé l'eau couler pour que personne ne se demande pourquoi tu prends deux douches.

— Bien vu.

Elle sortit deux autres serviettes et partit se laver. Lorsqu'elle revint dans la chambre, nue sous sa serviette, il était déjà habillé. Au début de la nuit, elle avait accroché ses habits trempés sur l'antique radiateur alimenté par le poêle de la cuisine. Elle remarqua qu'il avait posé ses vêtements à elle à la place des siens.

— Tu as l'air… propre, observa-t-il, les sourcils froncés.

— Pardon ? demanda-t-elle, perplexe, car il semblait avoir voulu dire quelque chose d'autre.

— Je veux dire… réchauffée. Tu as l'air réchauffée.

Cela ne tenait pas debout.

— De quoi tu parles ? Le froid ne t'aurait pas atteint le cerveau, par hasard ?

Elle se retourna et ôta la seconde serviette qu'elle avait enroulée autour de sa tête pour la garder au sec. Malone se leva et lui passa la main dans les cheveux. Il se tenait si près d'elle qu'elle dut reculer d'un pas.

— Oui. Le froid ou autre chose.

Il se pencha et l'embrassa avec tendresse. Sa bouche, en tout cas, était douce, mais sa langue alla droit au but. Abby vacilla comme si elle avait bu trop de vodka et s'assit sur le rebord de la coiffeuse placée à côté de la fenêtre.

Il la lâcha et recula. Comme s'il avait repéré quelque chose au-dehors, il ferma les rideaux, ce qui plongea la chambre dans la pénombre.

Puis, lentement, il tira sur sa serviette, qui tomba sur le sol. L'air froid qui arriva sur la peau d'Abby ne fit qu'attiser son excitation. *Je devrais protester, non ?*

Mais elle se tut et le regarda tendre la main pour lui toucher le bout du téton.

— Non, regarde-moi, dit-il.

Elle obéit tandis que le doigt de Mal tournait autour de son téton, puis de l'autre. Il se tenait toujours à une cinquantaine de centimètres d'elle et l'observait comme un spécimen étrange. Il l'attrapa ensuite par les bras, puis baissa la tête et prit son sein dans la bouche pour le suçoter jusqu'à ce qu'elle se tortille. Il arrêta pour recommencer avec l'autre.

Perchée comme elle l'était sur la coiffeuse, elle avait de plus en plus l'impression d'être un sujet d'expérience entomologique. Contre son gré, cet examen minutieux générait en elle de l'excitation.

Sans un mot, il lui écarta les jambes avec le genou et lui plaqua le dos contre le panneau en bois de la coiffeuse, ce qui eut pour effet d'attirer son bassin en avant. Assis sur la chaise devant le miroir, il lui embrassa le ventre. Abby se crispa de désir. Qu'allait-il faire ensuite ?

Il fit descendre un doigt de son nombril à ses chairs intimes, les yeux rivés entre ses jambes.

— Qu'est-ce que tu fais ? murmura-t-elle.

— Je te regarde. Les autres fois, soit tu me tournais le dos, soit tu étais en colère. Je veux voir ce que tu me caches.

Il inséra deux doigts en elle. D'instinct, elle écarta davantage les jambes. Il la maintint en place de son autre main et le contact de sa langue brûlante la fit défaillir. Elle avait du mal à se retenir de gémir sous l'effet de ce… Elle n'avait pas de mot pour décrire cette sensation. Il lui lécha le clitoris jusqu'à ce qu'elle ne puisse presque plus tenir en place, puis, tout à coup, se redressa.

Il la souleva de la coiffeuse, passa un bras autour de sa taille, puis l'inclina légèrement en arrière et continua à manipuler son sexe sans la lâcher des yeux. Elle sentait que son corps lubrifiait ses doigts à mesure qu'il les faisait glisser sur elle.

— Tu es belle, mon ange, grogna-t-il. Tu rougis et tes yeux brillent, ça te donne un air plus franc.

Elle tenta de se relever à ces paroles, mais il l'immobilisa.

— Non, tu ne m'empêcheras pas de continuer. Ce n'est pas ma faute si la vérité blesse, dit-il avec son petit sourire supérieur.

Elle était au bord de l'implosion, mais pour une fois, elle n'avait aucune envie de le gifler.

— Ne t'arrête pas, souffla-t-elle.

Son sourire s'effaça pour céder la place à un désir animal.

— Je ne m'arrêterai jamais, ma belle.

Les doigts de Mal dansaient toujours sur son point le plus sensible et ses yeux ne quittaient pas les siens. Abby avait l'impression qu'une lumière liquide entrait en ébullition dans ses veines. Elle jouit en se forçant à ne pas lâcher son regard pour se noyer dans ses yeux et dans leur sincérité soudaine.

Elle se laissa alors retomber et posa le front sur son épaule tandis qu'il la prenait dans ses bras.

— Tu vois ? Ce petit moment de franchise entre nous, ce n'était pas la mort, n'est-ce pas ? Tu n'as même pas eu à prononcer un seul mot.

Elle aurait voulu s'offusquer ou trouver le moyen de se venger, mais elle n'en avait pas l'énergie.

— Va te faire foutre, parvint-elle seulement à répondre en le serrant contre elle.

— Je préfère ça, dit-il en l'étreignant lui aussi.

Il était exaspérant, mais là encore, elle ne trouva rien à rétorquer. Peut-être n'en avait-elle même pas envie. Les moments passés à le regarder dans les yeux alors qu'elle était sans défense avaient modifié quelque chose. Tant qu'elle n'aurait pas trouvé comment tout faire revenir à la normale, elle acceptait de se laisser faire.

Mon Dieu, ce qu'il peut être compliqué. Ou bien c'est moi qui ne sais plus où j'en suis ?

Elle soupira et s'écarta de lui. Des bruits se faisaient entendre au rez-de-chaussée et il était peut-être temps qu'elle fasse une apparition.

Chapitre 12

Il était incapable d'expliquer pourquoi il était soudain si déterminé à voir ce qu'elle cachait sous son personnage indéboulonnable d'agent de la CIA, ni pourquoi il l'entraînait de force dans la chose qui d'ordinaire lui faisait le plus peur au monde. Quelle mouche le piquait donc ?

Il s'assit sur le lit et se prit le visage entre les mains. D'accord, elle lui avait peut-être sauvé la vie par hasard. Mais il l'avait empêchée de tomber dans le ruisseau, donc… Mouais, ce n'était pas vraiment sur le même pied. D'un autre côté, elle était responsable de sa crise d'hypothermie. *Putain !* Pourquoi se posait-il ces questions ? Pourquoi avait-il tant insisté pour la regarder pendant qu'il la faisait monter au septième ciel ?

Était-ce parce qu'elle s'intéressait plus à la mission qu'à lui ? Pour lui, c'était une nouveauté. Il ne savait plus combien de femmes il avait, disons, séduites puis abandonnées pour se consacrer à sa mission. Peut-être n'avait-il pas envie d'être pour une fois la victime ? Son ego était-il froissé ? Ou bien voulait-il forcer Abby à admettre qu'il était plus qu'un sex-toy doué de parole ?

Mais bon sang, que lui arrivait-il donc ?

Il aimait sa combativité, sa manière de ne jamais renoncer. Qu'elle l'ait à moitié assommé chez elle avant le menacer avec une arme à feu, qu'elle ait démoli deux types à elle toute seule, qu'elle soit aussi obnubilée par ce qui importait le plus pour elle, même s'il s'agissait de sa mission et non pas de lui. Et enfin, qu'elle se serve du sexe comme d'un moyen de décompression, comme lui.

Mais qu'est-ce que cela voulait dire ? Et pourquoi se posait-il seulement la question ?

Il regrettait d'avoir laissé son sac dans la grange, car il n'avait rien pour s'occuper. Abby n'était pas remontée et il n'avait pas pu lui demander d'aller le récupérer. Il restait donc allongé et se levait toutes les heures pour scruter la frontière avec les jumelles numériques. Il n'avait rien vu de plus inquiétant qu'une grosse bande nuageuse qui avançait lentement dans leur direction. Ils allaient devoir chercher l'armée russe dans une tempête de neige, ce qui n'avait rien de très engageant après leur mésaventure de la nuit.

Il avait envie de tuer Baston, qui n'avait pas su voir combien sa fille était compétente. Même s'il ignorait qu'elle était de la CIA, il aurait pu se rendre compte qu'elle savait ce qu'elle faisait, non ? Il ignorait ce qu'il mettrait dans son prochain rapport, s'il en rédigeait un. *Et merde !* Baston ne manquerait pas de l'appeler s'il ne rendait pas son compte-rendu quotidien et son téléphone était dans la grange. *Allumé.* Il regarda sa montre et calcula le décalage horaire. Il avait un jour de retard. À moins que Baston n'ait un rendez-vous galant – ce qui était souvent le cas –, il appellerait pour demander des explications, cela ne faisait aucun doute.

Soudain, un appareil se mit à biper dans le coin de la pièce, avec insistance, comme une alerte incendie. C'était le même bruit que le capteur dans l'appartement d'Abby. Malone se précipita vers le sac de la jeune femme et en sortit la télécommande. Il était en train d'essayer d'en ôter la pile lorsque la porte s'ouvrit à toute volée.

Ce n'était pas Abby.

Malone sourit.

— Bonjour, vous allez bien ?

Ils étaient fichus. La femme se mit à hurler. *Vraiment fichus.*

Tanov était très stressé par cette situation et Abby le comprenait. Il marchait autour de la table de la cuisine et posait la main sur l'épaule de son épouse chaque fois qu'il passait devant elle. Abby, quant à elle, avait adopté son plus bel air de contrition.

Malone était assis, la chaise bien reculée par rapport à la table pour être en mesure de s'enfuir rapidement si nécessaire. Abby mourait d'envie d'en faire de même, mais elle savait qu'une attitude trop sur la défensive mettrait le couple encore plus mal à l'aise. Tanov, tout du moins. Brigda semblait désormais définitivement hostile.

— C'est allé trop loin, Abby. Tu amènes un inconnu dans notre maison, au milieu des enfants. Où avais-tu la tête ? (Tanov recommença à faire les cent pas.) Vous devez partir.

— Ne nous mettez pas dehors par ce temps, par pitié. On est venus à pied de la ville.

— Pas en voiture, donc ? Encore un mensonge ? l'accusa-t-il, furieux.

Oh, si tu savais…

— Tu connais la raison de ma présence, répondit-elle calmement.

Tanov tourna les yeux vers sa femme, mais cette dernière n'avait pas réagi.

— Je m'en fiche. Garde ton argent.

Il regarda par la fenêtre, comme s'il s'attendait à une invasion imminente de troupes aéroportées.

— Si tu nous causes des ennuis… nous ne pourrons pas protéger les enfants.

— Mais si nous restons, nous pourrons vous aider à les protéger, répliqua-t-elle.

Par chance, Malone gardait le silence.

Les yeux de Tanov étaient glacials et elle sentait qu'elle n'aurait pas le dessus.

— Laissez-nous au moins demeurer jusqu'au matin. Le temps que la neige cesse.

— Quelle neige ? demanda agressivement Brigda.

— Celle-ci, intervint Malone en pointant le doigt vers la fenêtre.

En effet, comme par miracle, une rafale de vent propulsa les premiers flocons contre la vitre.

Abby le regarda. *Comment as-tu fait ça ?*

Il lui répondit par un sourire exaspérant. Les flocons étaient de plus en plus nombreux et les enfants commençaient à s'agiter dans la salle de jeux. Leur babil excité résonnait dans le couloir et arrivait jusqu'à la cuisine.

Abby sauta sur l'occasion. Elle se leva d'un bond, ce qui fit sursauter Tanov et Brigda.

— Je, euh, non, nous allons nous occuper d'eux.

Elle fit un signe de tête à Malone, qui se dirigea vers la porte avant même qu'elle ait eu le temps de s'éloigner de la table.

Elle le suivit dans le couloir. Sans un mot, il lui prit la main et marcha jusqu'à la salle de jeux. Mais alors qu'ils allaient y entrer, Tanov sortit de la cuisine.

— Psst, chuchota-t-il en faisant signe à Abby de revenir.

Malone la regarda, mais elle n'avait aucune idée de ce que l'Ukrainien lui voulait. Elle haussa les épaules et repartit en sens inverse.

— C'est le premier jeudi du mois, déclara-t-il sur un ton lourd de sous-entendus avant de retourner auprès de sa femme.

Et merde !

Abby revint vers Malone en tentant de cacher sa peur.

— Qu'est-ce qu'il a dit ?

— Tous les mois, leur fils, qui travaille dans la police, vient dîner avec quelques collègues, expliqua-t-elle avec une grimace.

— C'est aujourd'hui ?

Abby hocha la tête.

— Génial, soupira-t-il. Bon, je n'ai plus qu'à me cacher jusqu'à ce qu'ils repartent. Et toi, empêche tes bidules de sonner !

C'était un plan raisonnable, mais Abby se méfiait de Brigda. Elle vénérait son fils et ses amis. Abby aurait voulu se persuader qu'elle ne leur dirait rien, mais c'était dur à croire. *Très dur.* Peut-être valait-il mieux qu'ils s'en aillent, mais pour aller où ? Il n'y avait rien entre l'orphelinat et la frontière.

— Tu devrais partir, dit-elle en prenant le bras de son compagnon. Ça ne te concerne pas et je suis désolée de t'avoir entraîné là-dedans. Il ne manquerait plus que tu sois emprisonné ici en hiver. Ce n'est déjà pas très gai en été, mais…

— Chut ! Je ne vais nulle part. Si tes capteurs fonctionnent bien, alors si, je suis concerné. La Grande-Bretagne fait partie de l'Europe, je te rappelle, et je n'ai aucune envie de voir les Russes poser le pied sur mon continent. Et si tu te trompes, tu me devras une telle fleur que tu passeras le reste de tes jours à te demander comment me renvoyer l'ascenseur. J'ai déjà plein d'idées à ce sujet, conclut-il en l'attirant contre lui et en lui murmurant ces derniers mots à l'oreille.

Submergée par le soulagement, elle tenta de retenir ses larmes.

— Et si j'ai raison, c'est toi qui passeras le reste de tes jours à te demander comment me remercier pour avoir sauvé ton continent.

Elle sourit et il lui serra la main.

— Ça marche.

Chapitre 13

Malone ne trouvait aucun plaisir à regarder Abby jouer avec les enfants, et encore moins à le faire lui-même. Les clowneries de Dimitri l'agaçaient et lorsque Lana, au bout de deux heures, le jugea digne d'être présenté à sa poupée, cette marque d'estime le laissa froid.

Leur laver les mains avant le repas, les aider à manger leur goûter… ce n'était pas pour lui.

Il n'avait aucune expérience avec les enfants, à part le souvenir d'en avoir été un, et il les évitait toujours comme la peste. Mais en voyant Abby se faire sauter dessus, les laisser jouer avec ses longs cheveux ou encore caresser le dos de Lana pour l'aider à s'endormir, Malone sentait que quelque chose changeait en lui, comme s'il perdait un peu de son cynisme. *Mais rien de plus*, se jura-t-il.

Comment parvenait-elle à rester si concentrée sur sa mission avec tous ces bambins autour d'elle ? Pire encore, qu'est-ce que cela disait de sa propre concentration, lui dont la seule envie était de la regarder batifoler avec les petits ? Dommage qu'il ait oublié son appareil photo… Mais bon sang, que lui arrivait-il donc ? C'était une question qu'il se posait souvent depuis qu'il connaissait Abby.

Elle était forte et courageuse. Dotée d'une langue acérée, mais gentille. Bornée mais prévenante. Elle l'avait manipulé pour le forcer à l'accompagner. Elle était sexy et chaude comme la braise. Et il tombait sous son charme, il était bien forcé de l'admettre.

Ils remontèrent dans leur chambre tandis que Tanov et Brigda supervisaient le repas des orphelins.

Dès que la porte fut refermée, il prit Abby dans ses bras et l'embrassa. C'était un baiser innocent, qui n'avait pour but ni de la distraire ni de l'inciter à aller plus loin. Il avait juste envie de l'embrasser, car il n'était pas sûr d'être capable de la protéger.

— Qu'est-ce qui me vaut cet honneur ? demanda-t-elle, les joues rougies.

— Ça risque de dégénérer ce soir. Je voulais seulement t'embrasser, au cas où on finirait au goulag.

— C'est une vraie possibilité, concéda-t-elle. Je ne suis pas sûre que Brigda parvienne à se retenir de tout raconter à son fils. S'il arrête deux espions, ça donnera un coup de pouce à sa carrière.

— Je sais, soupira Malone, mais ce risque est présent dans chacune de mes missions. Préparons-nous au pire, mais restons optimistes.

— Nous avons quelques heures devant nous, observa-t-elle en regardant sa montre. Tu veux commencer par quoi ?

— J'allais dire par la carte de la frontière, mais vu qu'on a le temps, j'ai une tout autre idée, répondit-il en feignant un regard lubrique.

— Tiens donc, répliqua-t-elle en souriant. Mais encore ?

— Une sieste.

Il éclata de rire et Abby fit une moue boudeuse.

— Si on doit passer la nuit à empêcher une invasion russe ou à subir un interrogatoire, on ferait bien de se reposer.

Il ouvrit les draps du minuscule lit et ils se dévêtirent en silence. Abby garda ses sous-vêtements et s'allongea à côté de lui, comme elle l'avait fait la nuit précédente. Malone régla l'alarme de son téléphone et le posa par terre.

— Deux heures de sommeil, une heure de préparatifs, puis le repas avec l'ennemi, dit-il. Enfin, pour toi.

— Et toi, tu n'es pas aussi mon ennemi ? murmura-t-elle d'une voix endormie.

— Un ennemi, peut-être, mais pas l'ennemi principal, donc ça va.

— Hmm.

Il la prit dans ses bras et l'attira sur lui, les jambes entremêlées. Le battement régulier du cœur d'Abby, qui résonnait contre son sternum, l'aida à s'endormir.

Il mit son téléphone en mode silencieux dès qu'il commença à sonner. Abby était réveillée et réfléchissait déjà à la soirée qui s'annonçait. Elle avait décidé de ne pas assister au repas. Cela n'éveillerait pas les soupçons, car elle n'avait mangé qu'une fois avec eux depuis son arrivée.

S'ils ne faisaient pas de bruit, ils pourraient peut-être sortir discrètement pendant que la famille serait à table. Ensuite, ils n'auraient plus de souci à se faire. Sauf si Brigda les dénonçait ou s'ils étaient capturés par les Russes.

— Tu dors ? demanda-t-il d'une voix qui bourdonna dans son torse là où était posée la tête d'Abby.

— Mmm-hmm, répondit-elle, encore trop endormie pour avoir envie de répondre.

Il la serra dans ses bras, puis lui caressa le dos. C'était un geste d'affection, comme s'il tenait à elle, mais comme elle risquait de mourir dans les heures qui allaient suivre, elle l'accepta sans poser de questions.

D'un autre côté, est-ce que ce n'était pas toujours le cas ? Elle avait beau avoir le boulot le plus rasoir de toute la CIA, elle courait autant de risques de se faire écraser par un bus que de mourir dans le cadre d'une mission. Peut-être avait-elle besoin de profiter un peu plus de la vie. D'être au centre des attentions d'une personne qui compterait pour elle. Elle n'en travaillerait pas moins efficacement pour autant. Elle était certainement capable de se concentrer sur plus d'une chose à la fois, mais en avait-elle vraiment envie ?

Elle ouvrit les yeux et posa la tête sur son coude.

— Je devrais descendre pour excuser mon absence. Personne ne sera surpris que je ne participe pas au repas, parce que je ne suis pas souvent là le soir. On pourra sortir en douce pendant qu'ils mangeront.

— D'accord, si tu penses que les deux Ukrainiens ne diront rien. On peut rester ici sans faire de bruit. Regarde, la nuit tombe déjà. On pourrait presque partir avant que les invités arrivent, répondit Malone en s'asseyant sur le lit.

— Je m'habille et je vais leur dire de ne pas compter sur moi. Je suis sûre qu'ils seront ravis de se débarrasser de nous. Je reviens tout de suite et on mettra un plan au point. Un vrai, ajouta-t-elle avec un sourire.

— Bien reçu, chef.

Il bâilla, puis s'étira. D'un seul coup, elle n'avait plus qu'une envie : rester au lit avec lui, l'embrasser sur le torse, et discuter de tout et de rien. De son équipe de base-ball préférée. Ou de football, vu qu'il était anglais. De sa famille. De ses lieux de villégiature favoris, même si son petit doigt lui disait qu'il devait prendre bien moins de vacances qu'elle, qui n'était pourtant partie que deux fois en dix ans.

Se retenant de l'embrasser, elle se leva et enfila ses chaussettes, son jean et un pull à col roulé.

— Je reviens tout de suite.

Il lui adressa un salut militaire alors qu'elle sortait de la pièce. Mais les minutes s'écoulèrent sans qu'elle revienne.

Elle descendit en courant, traversa le couloir et pénétra dans la cuisine en glissant sur le carrelage.

Aïe ! Son cœur se mit à tambouriner.

Quatre agents de police étaient attablés devant des verres de vodka. Ils se levèrent lorsqu'elle entra. Elle était coincée. *Et merde, on n'a toujours pas réfléchi à notre plan !* L'un des hommes leva son verre, qu'il tenait toujours à la main, en son honneur. Elle sourit et s'assit, imitée par les quatre policiers.

Jusque-là, tout allait bien. Ils ne lui avaient pas sauté dessus pour la menotter, ce qui signifiait que

Brigda n'avait encore rien dit. Tanov lui donna un verre et remplit de nouveau ceux des autres convives. Abby leva le sien en direction de leur fils, puis le vida cul sec.

Les hommes éclatèrent de rire et en firent de même. Le plus âgé des quatre versa derechef de la vodka à tout le monde.

— Trop froid, important boire, dit-il dans un anglais approximatif.

— *Da !* répondit-elle en souriant avant de boire plus raisonnablement cette fois.

Ce n'était pas un soir où elle pouvait se permettre de rouler sous la table. D'un autre côté, si Brigda se décidait à parler, l'alcool l'aiderait à supporter les rigueurs de l'interrogatoire.

Elle croisa le regard de Tanov. Ce dernier leva son verre, mais elle secoua furtivement la tête. Si elle parvenait à les soûler, cela serait peut-être à son avantage.

Brigda, en revanche, fuyait ses yeux, ce qui l'inquiétait. La conversation revint sur la tempête de neige et sur la ville toujours privée de courant. L'un des policiers suggéra que c'étaient peut-être les Russes qui avaient coupé l'électricité, pour se venger de l'Ukraine qui en avait fait de même pour la Crimée, occupée par la Russie. Ses amis se moquèrent de lui, car selon eux, leur bourgade était trop petite pour attirer l'attention de qui que ce soit. Le maire ne parvenait même pas à obtenir de l'argent du gouvernement pour rénover les routes. Si les Russes cherchaient à se venger, ils s'en prendraient à Kiev, la capitale.

Abby écoutait en souriant sans participer aux échanges. Les convives passaient à côté du fait qu'une ville frontalière privée de moyens de communication serait un atout précieux pour les Russes. Elle venait de s'en rendre compte et cela tenait debout, bien plus que la tempête de neige pour expliquer la coupure de courant. Cette région de l'Ukraine connaissait jusqu'à huit mois de neige par an. Elle se tourna vers Tanov et le regarda fixement. Lui aussi comprenait l'intérêt que présentait la cité aux yeux des Russes. Elle espérait qu'il serait de son côté si jamais les choses tournaient mal.

Elle mourait d'envie de présenter cette théorie à Malone. Si les Russes avaient privé les lieux d'électricité, cela ne faisait plus aucun doute : ils s'apprêtaient à envahir le pays. Le président ne rêvait que de rendre à la Russie sa grandeur passée, ce que l'OTAN voulait éviter à tout prix.

Brigda servait le repas. Les meilleurs plats étaient toujours réservés à son fils et à ses… Abby aurait volontiers dit « camarades », mais elle ne savait pas s'ils étaient prorusses ou pas. Rien dans leurs discours ne trahissait leurs opinions. À la fois excitée et effrayée, elle se força à boire, à manger et à sourire. Tout le monde était détendu et s'amusait, sauf Brigda et Tanov ; Abby espérait que leur fils croirait que la tension venait d'un problème de couple et non de sa présence.

Elle gardait un sourire innocent sur les lèvres et écarquillait les yeux pour se donner une expression ouverte, mais elle tremblait chaque fois que Brigda ouvrait la bouche pour parler ou même pour manger. Le ventre noué, elle espérait que Malone avait compris la situation et qu'il était en train de préparer un plan. Avec tous ces regards rivés sur elle, elle n'avait qu'une envie : s'enfuir en courant tout en criant à Malone de l'imiter.

Lorsque Brigda apporta le dessert et une nouvelle bouteille de vodka, Abby commença à se détendre. Il n'y avait presque plus aucun risque que l'Ukrainienne se mette à parler à la toute fin du repas, alors que les invités s'apprêtaient à repartir. Soulagée, Abby ne put retenir un petit rire.

Tout le monde se tut pour la regarder, mais au lieu de se sentir paralysée d'être au centre de toutes les attentions, elle se remit à rire, puis, horrifiée, aperçut les cinq bouteilles de vodka vides posées sur le rebord de la fenêtre. Ils étaient sept à table, ce qui signifiait qu'elle avait peut-être bu à elle seule une demi-bouteille d'alcool à quatre-vingt-dix degrés. *Bon sang !*

Elle gloussa derechef et porta la main à sa bouche. Les policiers éclatèrent de rire à leur tour, contrairement à Brigda et Tanov, qui la regardèrent d'un air désapprobateur. *Et merde!* Leur fils allait deviner que c'était d'elle que venait le problème.

Elle se leva.

— Excusez-moi… je crois que je devrais y aller et vous laisser… boire.

Elle rit à nouveau, exprès cette fois-ci, et leva son verre à leur santé. Ils lui souhaitèrent tous « bonne nuit » bruyamment et elle sortit.

Elle ferma la porte derrière elle et attendit pendant une seconde. Comme la conversation reprenait son cours, elle traversa le couloir à pas feutrés et s'engagea dans l'escalier, mais à peine avait-elle monté quelques marches que quelqu'un l'appela. C'était le fils. Elle chercha son prénom. Anton, lui semblait-il.

— Tout va bien, Anton ? demanda-t-elle avec un sourire.

Le policier passa un doigt dans son col, comme s'il avait trop chaud ou qu'il était mal à l'aise.

— Tu sais ce qui se passe avec *mama i otets* ?

Il était passé de l'anglais au russe classique et pas au patois ukrainien de ses parents. C'était peut-être bon signe. Abby réfléchit rapidement.

— Ils ont eu une mauvaise nuit. Deux enfants sont sortis en douce dans la neige. On a passé des heures à les chercher et je crois que ça a affecté tes parents. Les petits étaient dans le poulailler pour tenir les poules au chaud, expliqua-t-elle avec un sourire. Vous devriez vous en aller avant que les routes soient bloquées par la neige. Bonne nuit.

Sur ces mots, elle repartit dans l'escalier.

— Ne t'en fais pas pour nous, répondit-il avant qu'elle ait fait deux pas. On passe la nuit ici. C'est pour ça qu'on boit tant de vodka. Tu dois vraiment y aller ?

Décidément, le sort était contre elle. La mission était condamnée, maudite, même.

— Oui, dit-elle avec une petite moue. Les enfants se lèvent tôt, je ferai en sorte qu'ils ne vous réveillent pas.

Cette fois-ci, elle monta vigoureusement les marches pour éviter qu'il ne la suive. Elle s'arrêta avant de s'engager dans l'escalier de la tourelle et attendit d'entendre ses pas s'éloigner dans le couloir avant de continuer.

Elle prit un instant pour souffler. Quelques mois plus tôt, qui lui paraissaient maintenant autant d'années, elle avait envisagé de le séduire pour avoir un accès aux informations que son rang dans la police locale lui assurait. Elle était heureuse d'y avoir renoncé. Cela aurait été la complication de trop.

Elle frappa doucement, puis ouvrit la porte de la petite chambre.

— Bon Dieu, je pensais t'avoir perdue, s'exclama Malone en la serrant dans ses bras. Dix minutes de plus et je descendais te chercher.

— Ils étaient déjà là. Anton et trois collègues policiers. Et le plus beau, c'est qu'ils vont dormir ici.

Elle recula pour voir s'il était aussi effrayé qu'elle.

— Non, ce n'est pas le plus beau. Tu empestes la vodka. Comment peux-tu boire quand tu sais que tu vas passer la nuit dans le froid ? L'alcool abaisse encore plus la température corporelle dans la neige. Tu aurais dû le savoir.

Il la prit par les épaules et la secoua pour qu'elle lui accorde toute son attention.

— Je le sais, mais je ne pouvais pas refuser de boire. Ils enchaînaient les toasts. L'ambiance était déjà assez tendue comme ça et je ne voulais pas me faire remarquer. Écoute, il faut qu'on y aille. Brigda n'a rien dit, mais comment savoir de quoi ils vont discuter après le repas ? Sans compter que si on attend qu'ils se couchent, on ne pourra plus sortir sans qu'ils nous entendent.

— OK, habillons-nous.

Elle était soulagée qu'il ne discute pas, même si toute la vodka qu'elle avait ingurgitée la rendait un peu vaseuse. Il avait raison, elle n'avait pas réfléchi avant de boire, mais il n'y avait plus rien à y faire. Ils devaient se rendre sur la frontière.

—Alors, quel est le plan ? lui demanda-t-elle.

Chapitre 14

— Si tu veux la preuve que les Russes sont sur la frontière, et qu'il s'agit bien d'eux, même si personne n'en doute, il faut qu'on prenne du matériel militaire en photo, expliqua-t-il.

— Ensuite, on n'aura plus qu'à télécharger les photos vers le serveur dans une ferme sans Internet, ou dans une ville sans électricité. Fastoche, non ?

Cette moquerie le fit sourire. En effet, tout cela s'annonçait ardu.

Ils enfilèrent leurs combinaisons et Malone, admiratif, regarda Abby attacher ses armes. Il avait laissé une partie de son matériel dans la grange et ils avaient prévu de passer le récupérer en partant. Il avait eu l'occasion d'y aller plus tôt, mais il ne voulait pas prendre le risque de stocker davantage d'armes à feu dans une maison remplie de jeunes enfants.

Une fois prêts, ils descendirent et gagnèrent la porte d'entrée qui, selon Abby, était rarement utilisée et présentait l'avantage d'être l'issue la plus éloignée de la cuisine. Les bruits indiquaient que les convives étaient encore assis à boire. Sortir fut un jeu d'enfant. Le vent soufflait si fort qu'il couvrait tous leurs bruits. Aller jusqu'à la grange, en revanche, était une autre paire de manches. La fenêtre de la cuisine donnait en plein sur la grande dépendance. Ils ne pouvaient pas prendre le risque de s'y rendre. Ils s'éloignèrent donc de la ferme en laissant des traces dans la neige jusqu'à la prairie, qui n'était visible que de la tourelle.

Pour une fois, la chance leur souriait, car ils avaient le vent dans le dos, ce qui facilitait la vision et la progression. Malone interpréta cela comme un signe d'espoir. Ils allaient peut-être pouvoir terminer le boulot, retourner à la civilisation et passer un peu de temps ensemble avant d'être l'un comme l'autre assignés à de nouvelles missions. Enfin, s'il avait encore un emploi une fois que Baston aurait lu ses rapports. Maintenant qu'il y pensait, il allait devoir les rédiger sous une optique différente, pour laisser croire que c'était lui qui avait entraîné Abby dans cette histoire de Troisième Guerre mondiale, et non l'inverse.

Il haussa les épaules. L'avis de Baston ne lui importait plus. Il se ferait virer quoi qu'il arrive.

— Ça va ? cria Abby en se retournant dans les rafales.

Il leva les pouces et la rattrapa. Selon son estimation, ils en avaient environ pour deux heures de marche, et ce uniquement si le vent ne tournait pas.

Ce qu'il ne fit pas. Une fois n'était pas coutume, leur bonne fortune semblait durer.

Apercevant une zone boisée sur leur droite, Malone prit Abby par le bras et l'entraîna dans sa direction. Ils avaient besoin de se mettre à couvert pour observer ce qu'ils devaient photographier. Il était inutile de se promener au hasard le long de la frontière en espérant que personne ne les verrait.

Accroupis dans une petite clairière au milieu des arbres, ils commencèrent à creuser dans la neige pour dégager le sol et édifier une cachette assez confortable pour y passer plusieurs heures.

Au bout de quelques minutes d'effort, ils se serrèrent dans un trou sommaire placé entre un buisson et un arbre aux branches basses. Dès que le blizzard cesserait – le plus tôt serait le mieux –, ils pourraient observer la frontière. Ils n'en étaient qu'à trente mètres, mais la visibilité était nulle.

Abby ôta sa capuche et installa un bandeau sur ses oreilles, à la manière d'une skieuse.

— Dommage qu'on ne puisse pas recevoir de bulletin météo, déplora-t-elle. J'aurais bien aimé savoir si ça va durer des heures ou des jours.

— Les deux sont possibles, remarqua-t-il.

— Quelle intuition, dis-moi, se moqua-t-elle gentiment tout en prenant le fusil accroché dans son dos pour le poser sur ses genoux.

Ils gardèrent le silence pendant une minute tandis qu'ils regardaient en direction de la Russie.

— Où est-ce que tu te sens chez toi ? demanda-t-il.

— Ben, dans mon appart en ville, répondit-elle interloquée. Tu l'as visité, je te rappelle.

Elle ouvrit son minuscule sac à dos pour y chercher quelque chose.

— Non, quand tu rentres aux États-Unis, je veux dire.

Abby haussa les épaules.

— J'en sais rien. Nulle part en particulier. Et toi ?

— J'ai un appartement à Londres et un autre à Washington, près du bureau de ton père. Cela dit, une fois qu'il sera au courant de cette histoire, je pense que je pourrai me passer de celui de Washington.

— Ne t'en fais donc pas, je veillerai à ce qu'il ne te mette pas à la porte.

— Comment ? En avouant à ton père que tu bosses pour la CIA ?

— Bien sûr que non. Tu sais bien que je ne peux rien lui dire sans risquer de perdre mon propre boulot.

Il revint à sa première question, qui le tracassait plus que celle-ci.

— Sincèrement, t'as rien aux États-Unis ? Pas de logement ? Pas même un box dans un garde-meubles ?

Elle se réinstalla confortablement dans le trou et se retourna face à lui.

— Je suppose que tu te dis que comme je fais semblant de travailler dans l'humanitaire, je dois avoir une vie cachée, mais ce n'est pas le cas. C'est vrai que je joue un rôle la plupart du temps, mais c'est bien ma vie. Si j'interrompais une existence imaginaire aux États-Unis pendant mes missions, j'aurais l'impression de toujours être en transit partout où je vais. Je dois vivre ma vie là où je suis, sinon je n'en aurai jamais. Tu comprends ?

Oui, il voyait où elle venait en venir et trouvait cela très triste. Ou pas triste du tout, d'un autre côté. Peut-être cette existence était-elle bien remplie. Il n'en savait rien.

— Oui, je pense. Mais qu'est-ce qui rend réelle cette vie factice ? Tu as des hobbys, des trucs que tu aimes faire quand tu n'es pas infiltrée ?

Elle hésita.

— Non, pas vraiment. Je n'ai pas le temps de faire autre chose. Quand j'étais à Moscou, j'ai appris à danser le tango et je suis devenue une pro des fléchettes, mais ici, je n'ai le temps de rien.

— Les fléchettes, hein ? répéta-t-il en l'imaginant en train de danser un tango en longue robe rouge, une rose entre les dents. *(Une rose entre les dents ?)* Tu es forte au *killer* ?

— Tu rigoles ? s'exclama-t-elle. Je suis championne mondiale toutes catégories.

— J'accepte ton défi. La prochaine fois que tu passes à Londres, on verra bien si tu es aussi douée que tu le prétends. Réfléchis bien à ce que tu veux parier.

— Toi aussi, et surtout, sois prêt à le perdre.

Ils se turent et il scruta l'horizon avec les jumelles numériques. La neige tombait un peu moins dru.

— Bon Dieu, murmura-t-il avant de mettre les jumelles dans les mains d'Abby.

Une ligne de véhicules blindés s'étendait jusqu'à l'infini. Enfin, aussi loin que ce qu'ils pouvaient voir dans la tourmente.

— Merde, moi qui espérais avoir tort…

— Tu vois des soldats ?

— Pas un seul.

— Il faut que tu préviennes tes supérieurs.

— Sans blague ? Je pensais plutôt leur emprunter un camion pour aller faire un tour.

Elle sortit son téléphone antique et composa le numéro. Malone entendait le grésillement de la ligne.

— Recommence dans dix minutes, on dirait que ça s'éclaircit, dit-il en désignant le ciel derrière eux, où la lune apparaissait entre les nuages.

La tête levée, Abby attendit avec impatience que les nuages passent. La neige s'était arrêtée, mais avec ses yeux brillants et ses cils couverts de flocons, elle ressemblait toujours à un ange sur une carte de vœux. Mal avait envie de lui caresser le visage pour en ôter la neige, mais cela lui donnait l'impression désagréable de se transformer en héros de comédie romantique. Il n'en avait jamais regardé, d'ailleurs. Enfin, une ou deux, peut-être, quand il n'y avait rien d'autre sur les autres chaînes. Il détourna les yeux. Il faisait de son mieux pour ne pas s'impliquer dans l'opération de la jeune femme.

Elle semblait avoir vu juste. Ils se trouvaient face à des véhicules blindés blancs cachés dans la neige. Il réfléchit aux implications de cette situation. Maintenant qu'il était là, devant le fait accompli, il se posait des questions. Il ne connaissait pas les spécificités de ces véhicules, mais contrairement à des chars, ils ne semblaient pas en mesure d'envahir un pays.

— J'ai un signal, annonça-t-elle.

Malone se demandait quels seraient les ordres des supérieurs d'Abby, et par conséquent ce qu'il aurait à faire. Ils n'auraient pas le temps de saboter tous les engins, et comme ils n'étaient que deux, cela aurait été une mission suicide.

— Kate ? Dieu merci, c'est toi, dit Abby.

Il leva les yeux au ciel et fit une petite prière. Pourvu qu'on ne lui demande rien d'impossible, parce qu'il savait déjà qu'il ne pourrait pas la laisser agir seule, ni la laisser risquer une blessure. Irait-il jusqu'à prendre une balle pour elle ? Ferait-il passer son formidable instinct de survie à l'arrière-plan pour la protéger ? Tombait-il amoureux d'elle ? Il donna un coup de pied rageur devant lui.

— Une araignée, expliqua-t-il à Abby, que ce geste avait mise en alerte.

Elle fit une grimace et continua sa conversation.

Merde ! Merde ! Il était bien amoureux d'elle. Il attendit que la peur envahisse son corps frigorifié. La peur de s'engager, la peur de tenir à une femme au point d'être prêt à tout pour éviter qu'elle ne souffre.

Cette peur ne vint pas.

— Putain, Kate, calme-toi ! Parle moins vite.

Visiblement, Kate paniquait depuis deux jours et déversait son trop-plein de stress dans le téléphone.

— Désolée, ma chérie, mais je pensais qu'il t'était arrivé quelque chose, répondit-elle en avalant sa salive. Je savais qu'il y avait une tempête de neige, mais je n'aime pas rester sans nouvelles de toi.

— Je voulais t'envoyer un mail, mais le courant est coupé dans toute la ville. C'est probablement lié, d'ailleurs. On dirait que les Russes ont privé la cité d'électricité pour empêcher toute communication. Je suis sur la frontière, devant toute une armée de divers véhicules blindés qui semblent parés à envahir l'Ukraine. Qu'est-ce que je dois faire ?

Abby respira pour se détendre. Inutile d'inquiéter Kate en la prévenant qu'il y avait des policiers et une femme très contrariée à l'orphelinat qui risquait de la dénoncer à tout moment. Ou en lui apprenant qu'elle était accompagnée par une personne qui n'était pas de la CIA. Elle tourna les yeux vers Malone, qui contemplait le ciel. Elle leva elle aussi la tête, s'attendant à voir des parachutistes fleurir sous les nuages. Malone reporta son attention sur la frontière.

— Je te donnerai des instructions dans soixante minutes.

Un grésillement de mauvais augure se fit entendre, puis le silence. Abby regarda la brique qui lui servait de téléphone.

— Et merde, jura-t-elle. Plus de batterie. Je l'ai chargée hier soir, pourtant, je ne comprends pas.

Elle secoua l'appareil de colère. Ils allaient devoir retourner à la ferme pour la recharger, mais ils ne seraient jamais de retour à temps.

— Kate m'a dit qu'elle me donnerait des instructions dans une heure.

Abby savait qu'elle n'avait pas à ajouter quoi que ce soit et qu'il en déduirait de lui-même les implications.

— Tout se décharge plus vite dans le froid. Même moi, dit-il en dressant un sourcil.

— Je trouve ça dur à croire. En ce qui te concerne, en tout cas.

Elle rangea le téléphone dans son sac et suivit le regard de Malone, fixé sur la rangée de véhicules.

— On pourrait peut-être en emprunter un ?

Abby les inspecta attentivement.

— Je crois qu'il n'y a personne pour les surveiller.

— Et pourquoi des transports blindés ? demanda-t-il sur un ton calme.

Merde. Il avait raison. *Pourquoi pas des chars, en effet ?* La Russie en avait plus de mille cinq cents. C'était grâce à eux que les Russes avaient pu envahir aussi facilement la Crimée, la région méridionale de l'Ukraine. Donc pourquoi ne pas les utiliser si leur but était de s'emparer de l'Ukraine ?

— Oooh !

Malone se leva.

— Bon. Allons voir s'il n'y a vraiment personne.

Sans qu'elle puisse l'arrêter, il bondit hors du trou et se redressa dans la lumière de la lune. Abby grimaça mais se dit aussitôt que ce n'était pas à lui de mettre sa vie en jeu pour la réussite de cette mission. Elle sortit à son tour, son fusil pointé en direction des véhicules. Son cœur battait la chamade et elle s'attendait à tout moment à entendre des coups de feu, mais il n'y avait pas un bruit. Les moteurs ne tournaient pas et elle ne voyait aucune trace de pas.

Elle baissa son arme. Malone se retourna pour la regarder, haussa les épaules et rangea son pistolet dans sa poche.

— Il n'y a absolument personne.

Elle le rejoignit alors qu'il était en train d'épousseter la neige d'un pare-brise pour observer à l'intérieur.

— Vide.

Il parcourut ensuite toute la longueur de la ligne pour compter les engins.

— Cinquante-six, cria-t-il.

Elle rangea son arme à son tour et se mit à regarder par les vitres pour voir si l'un des véhicules avait des clés. Elle trouva son bonheur au onzième. La portière s'ouvrit en silence, mue par un système hydraulique. Cela la changeait des épaves avec lesquelles elle avait l'habitude de travailler. Les Russes avaient vraiment modernisé leur matériel militaire. *Chars inarrêtables, transports blindés flambant neufs*... Elle s'installa au volant et tourna la clé. Le moteur démarra du premier coup. Elle ressortit et appela Malone.

— Allez, on y va !

— Dis-moi que tu as trafiqué les câbles, ça ajouterait encore à ton charme, dit-il en s'installant sur le siège du passager.

Pour Abby, le fait qu'il ne se mette pas automatiquement au volant ajoutait au sien. Les portières se refermèrent sans un bruit. Mal haussa les sourcils et elle hocha la tête.

— Je sais. C'est autre chose que l'équipement antédiluvien de la CIA.

— Ce qui n'a rien de rassurant. Nos véhicules sont super, mais ils sont loin d'être aussi modernes ou aussi confortables. (Il appuya sur un bouton pour baisser la vitre et la débarrasser de la neige.) Quand est-ce que les Russes ont fait cet investissement ? Aux dernières nouvelles, ils n'avaient même pas de quoi payer leurs troupes, et là, ils nous sortent du matériel ultramoderne. Ça me fait peur.

— Idem pour moi, répondit-elle en passant la première.

Le véhicule traversa la frontière. Abby se demanda un instant si elle ne faisait pas le travail des Russes en faisant entrer l'une de leurs machines en territoire étranger. Si les Ukrainiens étaient au courant de leur présence, ouvriraient-ils le feu ? Elle tourna la tête vers Malone, qui semblait plus intéressé par l'étude des commandes que par les implications géopolitiques de leurs actions.

Ils n'avançaient pas vite, car elle voulait éviter de tomber dans un fossé ou de percuter un obstacle qui les empêcherait d'arriver jusqu'à la ferme. S'ils ne parvenaient pas à rappeler la CIA, l'OTAN risquait de mobiliser ses troupes sur la frontière. Vingt minutes plus tôt, c'était encore son vœu le plus cher, mais elle avait depuis compris que toute cette opération n'était qu'un mirage.

— Un leurre, marmonna-t-elle en secouant la tête.

— Quoi ? Qu'est-ce que tu dis ? interrogea Malone en reportant son attention sur elle.

— Ils ont placé leurs transports blindés sur la frontière pour détourner notre attention pendant qu'ils envahissent une autre région. Putain !

Elle ne savait pas ce qui l'énervait le plus : qu'elle ne soit pas en mesure d'interrompre l'invasion ou qu'elle ait perdu tant de temps sur ce leurre. Mais elle pouvait encore redresser le tir si elle réussissait à prévenir son agence.

— Pour ma dernière mission, j'étais à Athènes pendant le G20, expliqua Mal. Je me suis retrouvé impliqué dans une embrouille du même genre.

Des Russes s'apprêtaient à faire sauter leur propre ambassade.

— Pardon ?

— Tu as bien entendu. Quand on a arrêté les responsables, la seule chose qu'ils ont dite, c'était qu'il s'agissait uniquement de détourner l'attention, mais personne ne savait ce qu'ils comptaient vraiment faire, parce qu'il ne s'est rien passé d'autre pendant le G20. Ils voulaient probablement nous pousser à regarder dans une direction bien précise, ou dans plusieurs directions, pour qu'on ne voie pas ce qu'ils faisaient vraiment.

— Il faut qu'on en informe mes supérieurs, sinon on se sera fait avoir jusqu'à l'os. C'est pas vrai ! éructa-t-elle en tapant sur le volant.

Malone lui prit la main et lui caressa la paume avec le pouce. Elle sentit sa chaleur et son assurance la gagner lentement.

— Merci de faire tout ça avec moi, murmura-t-elle.

Il éclata de rire avec un entrain qui paraissait forcé.

— De quoi tu parles ? Tu ne m'as pas vraiment laissé le choix, non ? Si je ne t'avais pas aidée, tu m'aurais fait virer.

Il dégagea sa main et regarda par la fenêtre. Abby avait l'impression d'avoir éteint par erreur le Malone gentil qui était en lui. Qu'avait-elle dit ? Elle avait cru qu'un lien étrange s'était créé entre eux, ce qui était très improbable dans leur métier. Mais comme toujours, elle s'était trompée.

— Tu as raison. Je me disais juste qu'après que je t'ai fait mourir de froid dans la neige, il serait plus poli de te remercier.

— Merci, dans ce cas. C'est la première fois que tu fais preuve de politesse. Je le note.

Abby se crispa. Pourquoi était-il redevenu un crétin exaspérant ?

Chapitre 15

Bon Dieu! Pourquoi était-il aussi imbuvable ? C'était presque compulsif. Il n'avait eu aucun problème à être gentil avec elle avant d'admettre qu'il éprouvait peut-être des sentiments pour elle, mais il semblait incapable de retenir les dégâts que faisait sa bouche.

— Si tu n'étais là que sous la contrainte, rien ne t'obligeait à me baiser, dit-elle d'une voix aussi glaciale que l'air ambiant. À moins que tu ne souffres du syndrome de Stockholm ?

Il avait envie de l'apaiser, de détendre l'atmosphère dans la cabine tandis que le véhicule cahotait sur Dieu sait quel obstacle caché par la neige.

— Écoute, j'ai fait ce que tu m'as demandé. La mission touche à son terme. Ne laissons pas une crise de nerfs gâcher les derniers mètres.

— Une crise de nerfs ? répliqua-t-elle presque en hurlant. Mais de quoi tu parles, putain ? C'est moi qui fais une crise de nerfs, selon toi ? Tu ne pourrais pas être encore plus condescendant, pendant que tu y es ?

— D'accord, j'ai mal choisi mes mots. Un dernier coup de fil à tes supérieurs et on pourra tous deux reprendre notre vie d'avant.

— D'avant ?

— Je ne sais pas pour toi, mais désormais, mon existence se divise en deux : avant ton chantage et après. Une fois que tu auras passé ton appel à ceux qui tirent les ficelles à Langley, je rentrerai dans mon appart, je rédigerai mon rapport final pour ton père en lui disant que tu es tout à fait capable de t'en sortir toute seule et je tirerai ma révérence. Je repartirai peut-être pour la Grèce, tiens, où les plages et les femmes sont toujours chaudes.

Mais qu'est-ce qui lui prenait ? Il devait se taire. Cesser de parler.

— J'aurai beaucoup de choses intéressantes à raconter sur toi à mon père, ne l'oublie pas. Comment tu m'as sautée chaque fois que tu en avais l'occasion, comment tu es parti une fois la mission terminée. La mission que mon père t'avait confiée, répliqua-t-elle entre ses dents.

— Donc tu reviens au chantage, c'est ça ? C'est quoi, ton problème ? Ça fait des jours que je risque ma peau pour toi. Si je chope de nouvelles gelures, je cours droit à l'amputation. Je te soutiens depuis le début et tout ce que tu as à m'offrir en remerciement, c'est une menace de tout raconter à papa ? C'est pitoyable.

Il sentait enfin un peu de chaleur dans ses veines, mais pas de la bonne sorte. Sa mauvaise humeur n'était pas loin d'exploser et s'il n'y prenait pas garde, il allait recommencer à balancer des coups de poing dans tous les sens. La rutilante cabine du véhicule russe aurait du mal à résister à ses assauts. *Mais qu'est-ce que j'ai, putain ?*

Une colère noire grossissait dans sa poitrine et se répandait dans tout son corps. Cela ne lui ressemblait pas. Ceux qui le connaissaient bien savaient qu'il gardait toujours son calme. Ils étaient extrêmement peu nombreux, soit, mais il ne laissait jamais la rage le submerger. *Jamais.* Elle bouillonnait comme un geyser, mais il la contenait toujours.

— On dirait que c'est la seule raison de ta présence, hein ? rétorqua-t-elle. Tu oses te dire soldat ? Tu es prêt à retourner au bar, à y ramasser la première greluche venue, à te soûler à l'alcool bon marché et à attendre que la guerre éclate. Qu'est-ce que ça peut te faire ? Tu ne portes plus l'uniforme. Moi, au moins, j'ai encore des notions de loyauté et de patriotisme...

Elle articulait chaque mot avec hargne et il se demanda si elle ne répétait pas ce discours depuis le début.

— Tu n'as pas le droit de me parler de patriotisme. Tu n'as aucune idée de ce dont tu parles et tu ne sais rien de moi. C'est pas parce qu'on a baisé que tu connais tous mes secrets. Pour ton information, en Angleterre, on nous apprend à réfléchir de manière indépendante, pas à répéter bêtement des serments et des doctrines dont on ne comprend pas le premier mot. Tu veux savoir ce que vous êtes, vous, les agents yankees ? Des moutons, rien de plus. Et des moutons terrorisés, qui plus est. Tu te rappelles qui m'appelait en gémissant quand elle pensait que j'étais parti ? C'était toi, mon cœur. Tu n'es rien d'autre qu'une petite fille qui tremble de peur.

Ferme-la, bon Dieu ! Ferme-la tout de suite !

— Tu crois que cette petite fille qui tremble de peur aurait envie d'aller à la plage alors que la Russie est sur le point d'envahir un pays européen ? Je pensais que tu te sentais concerné. Tu me l'as dit toi-même. Mais peut-être que tu ne me racontes que des mensonges depuis le début ? Mais qu'est-ce que je dis… Bien sûr que c'est vrai. Le mensonge, c'est ton gagne-pain.

— Comment ça, c'est mon gagne-pain ? Je travaille pour ton père, voilà tout.

— Et tu ne m'as jamais menti ? le provoqua-t-elle avec dérision.

— Je n'ai jamais…

Il hésita. Est-ce qu'un mensonge par omission comptait ?

— CQFD.

La voix triomphante d'Abby lui faisait mal. Pensait-elle vraiment qu'il ne lui avait dit que des mensonges ?

— J'ai été on ne peut plus honnête avec toi sur tous les sujets, à part pour une chose que tu n'avais pas, et que tu n'as toujours pas, besoin de savoir.

Non ! Il avait ouvert la boîte de Pandore. Il ne devait absolument pas lui révéler qu'elle avait tué l'un de ses assaillants.

Abby déglutit.

— Je le savais. Mon père aime bien récupérer des épaves pour les remettre dans le droit chemin, c'est sa grande marotte, mais avec toi, on dirait que ça a échoué. C'est pour ça qu'il t'a filé ce boulot ? Un ex-SAS engagé pour me surveiller de l'autre côté de la rue, tu ne vois rien qui cloche ? Pour moi, ça signifie qu'il ne t'aurait jamais confié de mission importante, non ?

— OK. Arrête le camion. Je vais rentrer à pied à mon appart et faire comme si je ne t'avais jamais rencontrée. Je crois que c'est ce qui serait le mieux pour toi. Tu ne veux pas d'un raté comme moi pour polluer ta mission. Je me barre.

Elle ralentit et mit le véhicule à l'arrêt.

— C'est ça, cours te cacher.

Il descendit avec un calme qui était à l'opposé de ce qu'il ressentait vraiment.

— Méfie-toi de ton crochet du droit, ma belle. Tu as tué l'un de tes agresseurs, ça ne fait pas sérieux.

Il claqua la portière et partit à grands pas, gardant la tête baissée lorsqu'elle redémarra et passa à côté de lui. Baston ne le payait pas suffisamment pour qu'il subisse ce genre de choses.

C'était pourtant ce qu'il faisait chaque jour. C'était même sa spécialité. Comment avait-il pu la laisser lui tourner à ce point la tête ? Elle l'avait insulté en dénigrant ses choix de carrière et son patriotisme. Elle était allée jusqu'à dire qu'il n'avait été engagé que parce qu'il était tordu. C'était le cas de tout le monde dans ce métier, sans exception. C'était ce qui lui permettait de bien faire son travail.

Il s'arrêta et leva la tête. Si elle s'était énervée à ce point, c'était probablement parce qu'elle avait peur, mais lui n'avait rien fait pour la rassurer. Au contraire, il l'avait provoquée encore plus, et pourquoi ? Parce qu'il était terrorisé par les sentiments qu'il éprouvait pour elle.

C'était écrit : ils n'étaient pas faits l'un pour l'autre. Cette simple idée ne tenait pas debout. Ils menaient des vies différentes. Il faisait de son mieux pour conserver son emploi tout en essayant de réparer quelques-uns des torts du monde et l'existence d'Abby ne dépendait que du bon vouloir de la CIA. Vu ce qu'elle venait de dire, elle n'avait pas une très haute opinion de lui. Elle ne le voyait que comme un mercenaire engagé par son père – ce qui était probablement vrai. Mais le plus grave, c'était qu'il venait de la laisser seule pour s'attaquer aux Russes parce qu'elle l'avait vexé, ce qui n'était pas très glorieux.

Que venait-il donc de se passer ? Abby se dirigea en pilotage automatique vers l'orphelinat, où elle chargerait son téléphone pour éviter de se retrouver coincée dans la neige sur le chemin qui la ramènerait à la ville. Malone venait de l'abandonner après lui avoir appris qu'elle avait tué quelqu'un. Même en serrant très fort le volant, elle ne pouvait empêcher ses mains de trembler.

Elle avait toujours su que vu son métier, il existerait toujours la possibilité qu'elle tue quelqu'un, mais elle avait toujours pensé que si cela arrivait, il s'agirait d'un terroriste ou d'une personne sur le point de commettre un acte horrible. Elle n'aurait jamais imaginé le faire à mains nues pour se défendre contre un petit délinquant. Pourquoi le lui avait-il dit ?

Parce que tu te conduisais en enfant gâtée. Ça t'apprendra à traiter les gens de givrés, d'autant plus quand tu as affaire à un vétéran des forces spéciales qui a dû voir et faire des choses terribles au cours de sa carrière. Elle s'en voulait énormément.

Elle avait toujours l'estomac noué. Elle avait cherché à se venger parce qu'il l'avait blessée et elle y était parvenue, mais cela n'avait fait que raviver sa propre douleur. C'était un véritable cercle vicieux.

Elle ne le connaissait que depuis quelques jours, et sa présence lui apportait déjà réconfort et chaleur. Malheureusement, ce n'était que maintenant qu'il était parti qu'elle s'en apercevait.

Maintenant qu'elle l'avait fait fuir, plus exactement.

Elle irait récupérer le téléphone que Malone avait laissé dans la grange, passerait son appel et repartirait le chercher. Elle s'excuserait, le supplierait, bref ferait tout pour qu'il accepte de la reprendre dans ses bras.

Elle gara le véhicule derrière la grange. La ferme était plongée dans l'obscurité que seules venaient rompre quelques stalactites de glace étincelant dans la lumière sporadique de la lune. C'était un tableau de Noël féerique, silencieux et apaisant. Elle espérait que Tanov, Brigda, leur fils et ses trois collègues étaient tous en train de cuver leur vodka.

Avec un peu de chance, elle serait chez elle dans une heure, en train de se réconcilier avec Mal. Elle sourit et s'étira. Ce serait la conclusion parfaite à cette étrange journée.

Sans un bruit, elle fit le tour du bâtiment et en ouvrit la porte. Au même moment, elle aperçut plusieurs empreintes de pas devant la grange. Obnubilée par Malone, elle en avait oublié la prudence la plus élémentaire. C'était trop tard. Trois pistolets étaient braqués sur elle.

Il s'agissait d'Anton et de ses trois amis. Mais Anton, loin de sortir son arme, avait ouvert les bras pour l'accueillir, comme si elle était une maîtresse qu'il attendait. Elle grimaça. Qu'avait-elle donc fait ? Elle avait mis la mission en péril, fait fuir Mal et se retrouvait désormais dans l'impossibilité de prévenir Langley de la ruse des Russes. Son mépris du protocole allait-il entraîner la guerre qu'elle faisait pourtant tout pour empêcher ?

— Tout le monde s'est fait du souci pour toi quand je me suis rendu compte que tu n'étais plus dans ta chambre, dit Anton.

— Qu'est-ce que tu faisais dans ma chambre ? temporisa-t-elle pour se donner le temps de réfléchir au moyen de se sortir de là.

Il pencha la tête.

— À ton avis ? demanda-t-il avec coquetterie.

Mon Dieu… Elle baissa la tête, comme si elle était gênée.

— Je ne sais pas.

Mais la situation n'avait rien d'un flirt, même si c'était avec cette intention qu'il était monté la retrouver. Les trois autres hommes gardaient leurs armes pointées sur elle, et leurs yeux disaient clairement qu'ils étaient prêts à l'abattre si elle bougeait le petit doigt. Elle leva les mains en l'air.

— Hé… je ne suis pas dangereuse, c'est promis, lança-t-elle sur le ton de la plaisanterie.

Quatre hommes contre moi, je suis flattée.

Dans le silence qui s'ensuivit, elle commença à mieux saisir ce qui se passait. Elle venait d'arriver au volant d'un camion blindé de l'armée russe. En d'autres circonstances, cela aurait été soit très mauvais, soit très bon pour elle, selon leurs opinions politiques. Elle pouvait d'ailleurs peut-être en jouer. S'ils étaient des sympathisants russes, elle pouvait faire semblant d'être de leur côté. En revanche, s'ils étaient dans l'autre camp, elle finirait probablement dans une prison ukrainienne, ce qui n'avait rien de rassurant.

Elle devait les faire parler pour découvrir de quoi il retournait.

Elle baissa les mains lentement sans cesser de sourire. Deux des policiers la laissèrent faire, mais le troisième la tint plus fermement en joue. Elle amena ses mains au niveau de ses hanches.

— Je ne suis pas dangereuse, d'accord ?

Elle sourit derechef et se souvint de tout ce qu'ils avaient bu pendant le repas.

Anton hocha la tête en direction de l'un de ses amis, qui passa devant elle et ouvrit une trappe dans le plancher. Sous cette trappe se trouvait un trou noir, mais Abby n'avait aucune intention de se laisser faire. Son cœur se noua, puis son ventre. Après ce que lui avait appris Malone, oserait-elle de nouveau se battre ? Elle repensa à la bagarre devant la porte de son immeuble. Elle avait utilisé sa matraque télescopique en carbone pour frapper son premier agresseur à l'entrejambe et à la gorge. Pour le second, un coup de poing avait suffi à l'envoyer s'écraser contre la benne à ordures. Ensuite, elle avait couru jusqu'à la porte. Lequel des deux avait-elle tué ? Réussirait-elle à éviter cela cette fois-ci ?

Elle était paralysée. Elle serrait les poings mais n'osait pas frapper, de peur de tuer un policier innocent. Il était possible qu'intrigués par son comportement étrange, ils ne fassent que leur travail. Elle ne voulait pas se battre contre eux. Elle n'osait pas…

Elle reçut alors un coup derrière le crâne et s'écroula sans connaissance.

Chapitre 16

Lorsque Abby se réveilla, elle était attachée à une chaise en bois. Elle essaya de distinguer les détails de la pièce, mais elle n'était pas dans la maison, qu'elle avait explorée de fond en comble depuis son arrivée à l'orphelinat.

La douleur tenace dans sa tête lui rappela ce qui était arrivé. On l'avait assommée pendant qu'elle cherchait le moyen de ne pas être jetée dans la cave, mais elle n'avait pas été assez rapide et c'était désormais là qu'elle se trouvait.

Les murs étaient en pierres grossièrement taillées, comme la ferme, mais le plafond n'était rien d'autre que le plancher de la grange. Des rais de lumière passaient par les défauts des vieilles planches, ainsi que quelques brins de paille. Elle en vit d'autres par terre, à la verticale de la trappe.

Mais elle était attachée à une chaise. Elle tenta de ne pas se laisser aller au désespoir. Cette sensation qui lui picotait la peau et lui retournait l'estomac, était-ce de la peur ? Elle préférait faire comme si c'était le résultat d'une huître pas fraîche.

Elle n'avait pas mangé d'huîtres depuis des années, mais cela lui permettait de penser à autre chose qu'à sa migraine et à sa peur, et de chercher comment s'évader de cette pièce sombre et humide.

Soudain, une lumière vacillante apparut. Elle provenait d'une ampoule nue accrochée au plafond. Le fils de Tanov ouvrit la trappe et déplia l'escalier escamotable avant de descendre.

— *Kharasho*, lança-t-il une fois en bas pour que l'un de ses collègues remonte l'escalier.

La trappe se referma et il fit craquer ses doigts.

— Je ne comprends pas pourquoi tu fais ça, dit-elle.

Soudain, Anton la mettait mal à l'aise. Elle se rappelait la manière dont il l'avait regardée lors de leur première rencontre, son insistance pour qu'elle reste boire avec eux plus tôt dans la soirée. Elle savait aussi qu'il avait voulu lui rendre visite dans sa chambre. Elle espérait qu'il ne ferait rien de… d'inconvenant pour un agent de la loi. Elle ne parvenait même pas à admettre le terme dont elle avait peur. Mais non, ce n'était pas de la peur. C'était hors de question. Ce n'était pas le sentiment que trahissaient ses doigts qui remuaient dans son dos.

— Pourquoi je fais quoi, Abigail ? demanda-t-il d'une voix douce qui lui donna froid dans le dos.

Elle désigna la pièce d'un geste de la tête.

— C'est ça, l'hospitalité ukrainienne ? C'est comme ça que vous traitez les invités ? Les travailleurs humanitaires ? dit-elle en feignant l'indignation pour voir où cela la mènerait.

Anton répondit avec calme, comme s'ils discutaient autour d'un café :

— En fait, ma mère s'est toujours méfiée de toi. Elle ne comprenait pas pourquoi Aide internationale – je l'ai prononcé correctement ? – leur envoyait quelqu'un. Après tout, beaucoup d'orphelinats ukrainiens ont plus d'enfants que le leur, expliqua-t-il en penchant la tête.

— Je vais là où on me nomme. Ce n'est pas moi qui choisis mes postes.

Elle comprit aussitôt qu'elle n'avait pas utilisé les bons mots. Ces phrases la faisaient passer pour une espionne.

— C'est comme pour la police, non ? On vous assigne des missions. C'est pareil pour moi.

Essaie d'établir un rapport personnel avec lui.

— On dépend l'un comme l'autre de nos supérieurs, déclara-t-elle. Les miens pensaient que mon atout, c'était ma facilité de travail avec les enfants, comme tes parents. On aime tous le petit Dimitri, et Lana, et Anton, qu'ils ont prénommé en ton honneur, termina-t-elle en prenant un air doux.

Cela ne fonctionnait pas. Anton rapprocha sa chaise.

— Je n'ai qu'une question en tête : qui es-tu venue espionner, et pourquoi ? Tu travailles pour qui ? Les États-Unis, la Russie, l'Ukraine ? Ou les Chinois, peut-être ? Il paraît qu'ils embauchent des Occidentales dans leurs services de renseignements.

Elle mit cette information de côté pour en avertir ses supérieurs. C'était la première fois qu'elle entendait cette rumeur.

— Je suis désolée, mais je travaille dans l'humanitaire.

— Et moi, je suis désolé que tu refuses de me donner ce que je veux.

Elle ne comprit le sens de ses paroles que lorsqu'il commença à lui caresser la joue.

Il fallut une heure à Malone pour atteindre la ferme. Il passa ce temps à réfléchir à ce qu'il dirait à Abby pour s'excuser de son comportement de crétin congénital. Il savait que leur relation – si elle méritait ce nom – était probablement vouée à l'échec, mais ils devaient au moins essayer, non ? Sinon ce serait de la lâcheté de leur part, à l'un comme à l'autre.

Lorsqu'il arriva enfin, ses certitudes s'étaient envolées. Il n'avait aucune expérience des relations amoureuses. Comment en entamer une ? Était-il censé inviter la jeune femme à dîner ? Il n'en avait pas la moindre idée. Il regrettait de ne pas en avoir parlé avec ses collègues les plus récents. Tous semblaient très à l'aise avec les dames.

Il foula le sommet de la petite éminence qui séparait la maison de la prairie où étaient enterrés les capteurs. Le silence et l'obscurité régnaient. Il s'arrêta. C'était une mauvaise idée. Abby avait dû récupérer son téléphone dans la grange et partir directement chez elle. Il laissa tomber les épaules. *Bon, c'est reparti pour des heures de marche.*

Il changea de cap pour rejoindre la route qui bordait l'orphelinat lorsqu'un mouvement attira son attention. C'était l'un des policiers, l'arme au poing, en train d'arpenter la cour qui séparait la grange de la ferme. Ce n'était pas bon signe.

Aussitôt, il commença à envisager diverses possibilités. Il se laissa glisser au sol et rampa pour mieux observer sa cible. La porte de la grange était ouverte mais il lui semblait que c'était de là qu'était sorti l'homme. Mal réfléchit au matériel qu'il avait encore sur lui : des jumelles et un pistolet, qu'il posa à côté de lui. Il n'aimait pas abattre des gens qui ne faisaient que leur travail. Il y avait des exceptions à cette règle, mais il ne connaissait pas suffisamment la situation et ne voulait pas prendre une décision hâtive.

L'individu s'arrêta devant la porte de la cuisine et regarda à l'intérieur comme s'il cherchait à voir s'il y avait quelqu'un et hésitait à entrer. Mal espérait qu'il décide de rester dans la cour. Il n'aimait pas voir un homme armé au milieu d'enfants qui avaient tendance à s'enfuir dès qu'ils voyaient de la neige. Le policier resta où il était, à la manière d'une sentinelle.

Ça en fait un à la porte de la cuisine. Les autres sont peut-être devant les autres sorties. Mal entreprit alors une reconnaissance de la maison en prenant soin de ne pas se faire repérer. En effet, il y avait bien un homme à chaque issue de la propriété. Cela signifiait-il qu'ils avaient repéré Abby ? Ou peut-être qu'ils l'avaient capturée et soupçonnaient la présence d'un complice ? Son instinct lui disait que c'était le cas. Le tour de la grange confirma ses soupçons. Le véhicule blindé était toujours là, ce qui signifiait qu'à moins qu'elle n'ait décidé de rentrer en ville à pied, elle était tombée entre leurs mains. Ou bien elle se cachait.

Mal soupira. Il allait devoir mettre les policiers hors d'état de nuire un par un. Ils étaient quatre hommes en tout, voire cinq avec le directeur de l'orphelinat, selon son niveau d'implication dans cette histoire.

L'élément clé était le silence, sa spécialité. Lorsque la BBC avait diffusé les premières images jamais tournées sur les SAS en action, lors de l'assaut de l'ambassade iranienne à Londres, une blague avait fait fureur dans le pays. Les soldats y étaient comparés à un amant invisible capable d'entrer et de sortir sans se faire remarquer. Maintenant qu'il y repensait, ce n'était pas franchement flatteur.

Comme il le faisait toujours dans les secondes qui précédaient une entrée en action, il se répéta la devise de son vieux régiment : « La victoire appartient aux audacieux. » *Pour la victoire.*

Il surprit l'homme qui gardait la porte d'entrée alors que ce dernier était en train d'allumer une cigarette. *On ne t'a jamais dit que fumer tue, mon pote ?* Le type ne le vit même pas approcher et Mal l'étrangla jusqu'à ce qu'il s'évanouisse. Il sortit des liens en plastique de sa poche et lui attacha les mains derrière les jambes. Sa victime ne manquerait pas de crier lorsqu'elle reprendrait connaissance, mais d'ici là, Mal espérait bien être déjà loin.

Le suivant était commodément placé à côté d'un tas de bois. Mal n'eut qu'à s'approcher de lui à pas de loup et à l'assommer. L'individu s'effondra sans un bruit.

Mal, qui était d'un naturel pessimiste, était en train de se demander si tout cela n'était pas trop simple lorsque le premier homme qu'il avait repéré le surprit tandis qu'il était en train d'attacher sa deuxième victime.

Le policier lui fit signe de se retourner. Mal obéit, mais dès qu'il sentit le pistolet toucher son dos, il pivota sur lui-même, s'en empara et le jeta dans la neige. Cela surprit tellement le flic ukrainien que ce dernier suivit son arme des yeux. C'était une grossière erreur.

Mal lui assena un uppercut au menton, à moyenne puissance pour ne pas risquer de le tuer. Cela lui rappela combien il avait été méchant avec Abby dans le camion. Distrait par cette pensée, il encaissa à son tour un coup de poing à la tempe. Les yeux vitreux, il lutta pour rester debout. Abby avait besoin de lui pour s'échapper. *Probablement.*

Il se frotta le côté de la tête.

— C'était vraiment un coup bas. Et moi qui faisais attention à ne pas te faire trop mal… tu l'auras voulu.

L'homme le regardait, perplexe.

— Oh, et puis merde !

Il lui balança un direct dans le nez, qui s'acheva en un craquement sonore et un geyser de sang. Il frappa une seconde fois, une simple petite tape, et son adversaire s'évanouit sous l'effet de la douleur. Mal se mit à courir en direction de la grange puis se ravisa.

Il revint à sa victime et la plaça en position latérale de sécurité pour n'avoir aucun regret. Si ses anciens collègues le voyaient… Auparavant, son but était de passer sur le corps de l'ennemi pour atteindre son objectif. Depuis son départ du SAS, c'était à lui de décider de qui était cet ennemi. Cela ne lui posait généralement aucun problème, mais depuis qu'il avait rencontré Abby, il ne savait plus où il en était.

Il prit une inspiration, secoua la tête pour se remettre les yeux en face des trous et repartit vers la grange. Il se plaqua contre le battant qui était demeuré fermé et écouta. Au départ, il n'entendit rien, mais il se força à patienter sans bouger. Il capta alors le son d'une voix étouffée. Il ne savait pas si elle émanait d'un homme ou d'une femme, mais elle ne semblait pas provenir de la grange en elle-même. Vu la construction antique du bâtiment, il était impossible que l'acoustique soit aussi comprimée. Il jeta un rapide coup d'œil par le battant ouvert.

Personne ne lui tira dessus, ce qui était encourageant, mais il ne vit rien indiquant qu'Abby était là. S'il ne se dépêchait pas, les hommes qu'il avait mis hors d'état de nuire risquaient de sonner l'alarme.

Il fit un pas dans la grange et sentit le plancher craquer sous ses pieds. Il s'arrêta au cas où un assaillant caché derrière une meule de foin s'apprêterait à lui sauter dessus. *Toujours rien.* Il esquissa un deuxième pas et entendit une voix en dessous de lui. *D'accord, c'est là qu'elle se trouve.*

La trappe était visible, contrairement à la veille, lorsqu'il était venu s'abriter ici même. Elle avait été dégagée depuis. Comme il lui était impossible de descendre sans se faire remarquer, il opta pour la surprise. Il tira d'un coup sec sur la poignée métallique. L'escalier se déplia, mais ne voulant pas perdre une seconde, Mal sauta dans le trou.

Il avait l'impression de se jeter dans la gueule de l'enfer. Il aperçut une lumière et Abby, attachée à une chaise. Et Face de rat. Il ne connaissait ni le nom ni l'identité du type, mais comme c'était lui qui avait capturé l'élue de son cœur, « Face de rat » ferait l'affaire.

L'inconnu semblait surpris, mais il recula vers Abby comme pour pointer une arme sur sa tempe.

— N'y songe même pas, mon pote. Je ne suis pas de très bon poil.

Face de rat fit un pas de plus vers Abby, mais à la grande surprise de Mal – qu'il contint très bien, d'ailleurs – celle-ci se leva d'un bond et pivota pour envoyer les pieds de la chaise dans les bijoux de famille de son ravisseur. Ce dernier s'écroula et Mal grimaça de compassion.

— Elle n'a pas l'air de très bon poil non plus, on dirait. Tu as compris la leçon, j'espère ?

Il l'attrapa par le revers de son uniforme, le releva et lui envoya son poing en plein visage. Entre cette douleur fulgurante et celle de son entrejambe, l'homme perdit connaissance.

— J'avais les choses en main, dit Abby.

— Je vois ça. (Il s'adossa aux marches et attendit.) Bon, tu viens ? Il ne faut pas qu'on traîne.

Sur ces mots, il s'engagea sur les marches avec un sourire qu'elle ne pouvait pas voir. *Un, deux...*

— Tu arrêtes ton cirque et tu viens me détacher, oui ?

Il redescendit en fronçant les sourcils.

— Excuse-moi si je me trompe, mais je serais prêt à jurer sur la tombe de ma mère que tu as dit que tu avais les choses en main.

— Tu...

Excédée, elle se mit à bondir sur place comme pour essayer de se libérer de ses liens.

— Demande poliment.

— Aurais-tu l'obligeance de me détacher, s'il te plaît ? maugréa-t-elle.

— Je voyais plutôt un truc du genre : « Merci d'être venu à ma rescousse, mon beau héros, peux-tu maintenant me détacher ? » Je ne pense pas que ce soit trop te demander vu les circonstances, non ?

— Si j'en suis là, c'est ta faute, répliqua-t-elle en redoublant d'efforts.

C'est pas vrai, pensa Mal. *Si elle continue à s'agiter de la sorte, je ne pourrai jamais défaire le nœud.* Il soupira et sortit son couteau.

— C'est à cause de ce que tu m'as dit tout à l'heure. J'avais trop peur d'en tuer un si je résistais, avoua-t-elle d'une voix basse qui lui fendit le cœur.

Il coupa la seconde corde, releva Abby et l'attira aussitôt dans ses bras.

— Bon Dieu, je suis désolé pour tout ça. Je n'aurais pas dû te le dire, et si tu avais été blessée, je ne me le serais jamais pardonné.

— Je ne manquerai pas de te le rappeler, ne t'inquiète pas, mais on pourrait peut-être faire ça ailleurs ? Une fois qu'on sera de retour en ville, par exemple ?

— D'accord.

L'éloigner de tout cela était son désir le plus cher. Abby récupéra l'arme de Face de rat puis, sans craindre davantage d'être repérés, ils coururent jusqu'au véhicule.

— Je conduis, annonça Mal en s'asseyant au volant.

Pour calmer ses protestations, il lui tendit son téléphone, qu'il avait récupéré sur la poutre où il l'avait caché.

— Toi, tu téléphones. Je te ramène en ville ? demanda-t-il tout en démarrant.

— Oui, mais on s'installera chez toi. Tanov et Brigda ont mon adresse.

— D'accord.

Curieusement, cela ne le dérangeait pas. Plus curieusement encore, il s'inquiéta alors de l'effet qu'aurait l'état de son appartement sur Abby : le matelas à même le sol, les magazines pour le moins douteux et les déchets qui jonchaient la pièce...

— Il est vachement mieux que mon téléphone satellite, dit Abby tout en composant le numéro. Ça m'énerve.

— Ce n'est pas ta faute, répondit-il en souriant dans le vide.

Il avait envie de lui dire combien elle avait été formidable, mais avoir l'air d'être surpris qu'elle se soit sauvée toute seule aurait laissé entendre qu'il mettait ses capacités en doute, ce qui n'était pas le cas. Bon sang, les choses étaient plus simples avec les gars du Régiment. *D'un autre côté,* ajouta une petite voix malicieuse, *tu n'étais pas amoureux d'eux.*

Abby commençait à faire son rapport. Elle décrivit l'alignement factice de véhicules et ses déboires avec les policiers, puis écouta la réponse de son interlocuteur, des mots que Mal ne parvenait pas à saisir. Au bout de quelques secondes, elle le prit par le bras.

— Fais demi-tour. Il faut qu'on retourne sur la frontière.

Il obéit et exécuta sa manœuvre avec prudence. Ils étaient proches de l'endroit où il était tombé dans le ruisseau et il n'avait aucune envie de recommencer.

— Oh, merde, dit Abby, qui continuait sa conversation téléphonique. OK, on s'en occupera plus tard.

Elle donna encore quelques réponses affirmatives, puis raccrocha.

— Les forces spéciales ont déjà décollé. Il ne s'agit pas d'un bataillon, c'est juste une petite équipe qui va faire sauter le reste des véhicules. Il faut qu'on retourne au point de parachutage pour que les soldats ne pensent pas qu'on les a abandonnés.

— Et le « oh, merde », c'était pour quoi ? Je préférerais être au courant.

Elle sourit mais perdit aussitôt sa gaieté.

— Tanov et Brigda, tout comme leur fils et les policiers, sont tous antirusses. Si nous leur avions dit la vérité, ils nous auraient probablement aidés.

Mal éclata de rire.

— Tu ne peux pas tout avouer au premier venu en espérant qu'il soit de ton côté. Tu ne veux même pas mettre ton père au courant de tes activités, tu te rappelles, alors pourquoi tu en parlerais à tes faux employeurs et à leurs invités ? D'autant plus qu'ils étaient armés jusqu'aux dents.

— Ça ne nous a pas empêchés de leur botter les fesses, hein ? exulta-t-elle en levant la main pour qu'il tape dedans.

— Ces Yankees, toujours aussi modestes dans la victoire, répliqua-t-il en secouant la tête d'un air navré.

Elle feignit un regard courroucé et remua les doigts, attendant toujours sa petite tape. Mal haussa les yeux au ciel et s'exécuta. Elle poussa un cri de triomphe et il ne put se retenir de rire. Il n'avait jamais participé à une telle mission. *Jamais.*

— C'est bon, on y est, dit-elle alors qu'ils approchaient de la clairière où ils avaient creusé leur trou.

Mal arrêta le véhicule et coupa le moteur. L'endroit semblait désert. Ils se regardèrent, perplexes, puis sortirent dans le froid.

— On a peut-être de l'avance ? suggéra-t-il sans trop vraiment y croire tout en regardant le ciel.

— Ça m'étonnerait. Playboy ! cria-t-elle si brusquement qu'il sursauta.

— Euh, tu sais, Abby, je préfère quand tu m'appelles par mon prénom.

Ce fut au tour de la jeune femme de lever les yeux au ciel.

— Havoc ! Playboy ! répéta-t-elle.

— Arrête ça, on dirait que tu fais rentrer tes chiens pour la nuit.

— C'est un peu le cas.

La voix provenait de ses pieds et cette fois-ci, il fit un véritable bond en arrière.

Deux hommes en tenue de camouflage se levèrent juste devant lui, comme si de rien n'était.

Celui qui avait parlé se présenta sous le nom de Playboy.

— Qui est le chef ? s'enquit-il.

Sans hésiter, Mal pointa Abby du doigt. Il se demandait d'où venait le nom de code de ce type, et dut se retenir de se placer entre Abby et le nouveau venu, qui était trop beau garçon pour être honnête. C'était une réaction irrationnelle, car les noms de code étaient toujours choisis par d'autres que ceux qui les portaient, et étaient généralement ironiques.

Havoc, son collègue, leur serra la main tour à tour.

— La situation semble un peu confuse. La mission qu'on nous a assignée au décollage semble avoir changé en cours de vol. Vous pouvez nous mettre au courant ?

— Bien sûr. Je surveille ce coin de frontière depuis des mois pour guetter des signes d'agression ne pouvant être attribués aux rebelles prorusses. Ces véhicules sont arrivés hier, ou avant-hier tout au plus. Les Russes ont profité de la tempête de neige pour les garer ici avant de repartir.

— Il n'y a aucune troupe ? questionna Havoc tout en tapotant sur sa tablette.

— Non, répondit Mal. J'ai parcouru toute la file tout à l'heure et je n'ai vu personne. Et comme il n'y a aucune trace de pas sur la neige, je dirais qu'ils ont filé depuis longtemps.

— Et vous êtes… ? interrogea Havoc avec un sourire.

— Un civil traîné pieds et poings liés dans ce merdier par cette charmante demoiselle, expliqua Mal en leur montrant Abby, qui se contenta de sourire.

Playboy, visiblement amusé, les regarda l'un après l'autre.

— Je devine comment ça a pu arriver. Quelle est la théorie la plus probable pour justifier la présence de ces véhicules ?

— Je pense qu'ils ont été placés là pour détourner notre attention. Les Russes savaient qu'on finirait par les repérer, et que nous enverrions l'infanterie et les troupes aéroportées pour tenir cette région. Pour moi, les Russes sont en train de préparer un gros coup ailleurs sur la frontière.

Havoc hocha la tête.

— Quand nous avons sauté, je me demandais où étaient les chars. Les Russes en ont beaucoup, bien plus que les États-Unis, et ce sont de véritables monstres. S'ils comptaient lancer une invasion, ils commenceraient par envoyer les blindés.

— Tout à fait, répondit Abby. Mal, tu veux leur parler d'Athènes ?

— Pardon ? demanda Playboy, l'air perplexe.

Et merde !

— D'accord. Bon, pour commencer, je serais plus à l'aise si vous m'appeliez par mon nom de code, « Marchand ». Ensuite…

— Attends, ton nom de code était Marchand ? l'interrompit Abby, radieuse.

— Pardon ? Tu acceptes Playboy et Havoc sans broncher, mais Marchand, ça t'amuse ?

— Si vous permettez, intervint Havoc, quelque chose me dit que son nom de code entier était « Marchand de mort ». Je me trompe ?

— Vous ne le connaissez pas aussi bien que moi. Je dirais plutôt « Marchand de glaces ».

— Ne me force pas à te faire mal, la menaça Malone, qui se retenait à grand-peine de rire.

— Comme si tu en étais capable. Nous savons l'un comme l'autre que je te botterais les fesses, répliqua-t-elle, les mains sur les hanches.

— Sauf si je te prive de ton arme, bien sûr.

— Euh, je m'excuse de vous interrompre, mais… d'ailleurs, non, je ne m'excuse pas. Revenons à Athènes, déclara fermement Playboy.

— Très juste. On a arrêté des anarchistes grecs qui travaillaient main dans la main avec les Russes. Ils prévoyaient d'enlever un ministre russe et de faire sauter leur propre ambassade. Pendant son interrogatoire, l'un d'entre eux a avoué que cette opération était conçue pour détourner l'attention. C'est peut-être la même chose ici.

Soudain, le téléphone de Mal sonna et tout le monde sursauta. Ils étaient tous sur les nerfs malgré la décontraction apparente de la conversation.

Mal répondit puis tendit l'appareil à Abby. Au même moment, la radio de Havoc se mit à grésiller.

Chapitre 17

C'était le patron d'Abby.

— Oui, monsieur, dit-elle.

— À qui est ce téléphone ?

Et merde !

— Euh, c'est une longue histoire et nous n'avons pas vraiment de temps à perdre.

Sa carrière à la CIA était terminée, elle le sentait.

Il y eut un moment de silence, comme si son patron restait bouche bée devant une telle impudence. Elle le comprenait, d'ailleurs, car elle ressentait la même chose.

— L'appareil est-il sécurisé ? demanda-t-il sèchement.

Elle se tourna vers Mal pour lui poser la question. Ce dernier haussa les épaules.

— Si par là tu entends « quasiment impossible à comprendre », alors oui. Il m'a fallu une semaine pour trouver comment envoyer un texto.

— Ce n'est pas certain, monsieur, mais c'est le seul téléphone en état de marche dont je dispose. Celui que l'on m'avait fourni a rendu l'âme après vingt minutes de froid polaire. Heureusement que je n'avais rien d'important à faire, comme éviter qu'une guerre n'éclate.

Waouh ! Où était passée l'employée docile qu'elle avait toujours été ? Une petite semaine avec Malone et elle commençait déjà à se comporter comme lui. Mais le pire était qu'elle aimait ça. Elle voyait de là son patron rougir comme une tomate, comme il le faisait toujours lorsqu'il était en colère.

— C'est bon, Baston. Changez de ton.

Abby imaginait le regard alarmé de son supérieur à la pensée qu'elle était devenue incontrôlable.

— Bien, monsieur, répondit-elle d'une voix fort peu contrite.

— Par ailleurs, vous aviez raison. On vient de recevoir des infos de Paris. Il y a quelques semaines, les Russes ont accidentellement tué l'un de leurs propres ministres alors qu'il tentait de nous faire passer des informations. Le vrai mouvement de troupes se déroule sur deux fronts distincts : de Crimée, vers le Nord et Kiev, et de Biélorussie, en direction de l'Europe. Mais une chose est sûre : ils reviendront chercher les véhicules garés sur la frontière, et peut-être très rapidement.

Abby regarda la colonne de camions, puis Malone, qui plaisantait avec les deux soldats.

— Vous savez de combien de temps nous disposons ?

— Je ne suis pas analyste, ma chère, soupira son patron. Pour cela, appelez vos propres sources opérationnelles.

Si seulement elle avait pu l'étrangler par le biais du téléphone…

— Je ne peux pas. L'appareil fourni par la CIA n'a tenu que quelques minutes. Si je n'avais pas trouvé celui-ci, on ne se serait aperçus de la supercherie qu'une fois les Russes aux portes de Minsk !

Elle se rendit compte qu'elle criait et tourna la tête. Les trois hommes la regardaient, Malone en souriant, les deux autres ébahis. Comme elle n'avait pas la force de s'excuser, elle raccrocha et appela Kate.

— Oh, mon Dieu, dégage de là en vitesse ! hurla Kate dès qu'elle décrocha.

— Quoi ? demanda Abby en se bouchant l'autre oreille comme pour mieux comprendre les hurlements de Kate.

— Les Russes sont à dix kilomètres de là où tu es. Ils viennent récupérer leurs véhicules, je les vois sur les images infrarouges du satellite. Il faut que tu partes !

Abby imaginait son amie en train de faire les cent pas devant son bureau, comme toujours lorsqu'elle était agitée.

— Combien sont-ils ?

— Je dirais entre trois et cinq mille. Ne reste pas là.

— OK, merci, conclut-elle en raccrochant avant de se tourner vers ses compagnons. On a de la visite.

Ils levèrent tous les yeux vers le ciel.

— Non, par là, expliqua-t-elle en pointant la frontière du doigt.

— Vous parliez bien de la Biélorussie ? demanda Playboy.

— Oui. Les Russes ont prévu de marcher sur Kiev à partir du Sud et sur la Biélorussie de l'Est. Ils comptent reconquérir les anciennes Républiques soviétiques, et ensuite, qui sait ? La Pologne, la Roumanie, la République tchèque ? Je ne sais pas jusqu'où ils iront si on ne les retarde pas suffisamment pour laisser à l'OTAN le temps de mobiliser ses troupes.

Playboy et Havoc se regardèrent.

— On arrive de Minsk. C'est là que sont basés notre bataillon et son appui aérien.

Abby hocha la tête.

— Je suis sûre que vos supérieurs sont déjà au courant, mais par précaution, avertissez-les.

La CIA n'avait pas pour réputation de partager ses informations, mais elle avait du mal à croire que l'agence garderait pour elle une telle bombe.

Les parachutistes s'éloignèrent pour joindre leur hiérarchie et Malone se plaça devant Abby.

— Tu vas bien ?

Il ne la toucha pas devant les deux hommes, ce dont elle lui fut reconnaissante. Elle avait besoin d'être professionnelle et elle sentait qu'elle craquerait s'il la prenait dans ses bras. Une étrange tension passa entre eux et elle hocha la tête.

— Tu crois que les Russes nous en voudront d'avoir emprunté leur camion ? On devrait peut-être le garer à sa place avec un mot d'excuse et quelques billets pour rembourser l'essence ? suggéra-t-il en regardant l'alignement de véhicules.

— Peut-être, ce serait plus poli. Tu as des roubles sur toi ?

Elle aimait sa capacité à détendre l'atmosphère quelle que soit la gravité de la situation, même lorsque la seule envie de la jeune femme était de lui démolir les genoux à coups de pelle.

— Non, mais si on leur laisse des dollars, ils risquent de se sentir insultés.

— Ce qui n'est évidemment pas notre intention, conclut-elle avec un petit rire.

Les parachutistes revinrent.

— On doit détruire les véhicules. Vous voulez remettre le vôtre à sa place ? Grouillez-vous, dans six minutes, nos copains vont tout bombarder.

Abby courut au camion. Elle allait devoir retourner en ville à pied. Et passer devant l'orphelinat... Mais elle regretta aussitôt cette pensée. D'ici une demi-heure, l'Ukraine n'existerait peut-être plus.

Elle gara le camion à sa place dans la ligne, sortit puis glissa un billet de un dollar sous le siège. Si les Russes fouillaient les décombres, cela les laisserait perplexes. Soudain, elle changea d'avis, remonta au volant et roula jusqu'au bouquet d'arbres.

— Vous voulez garder un souvenir ? demanda Havoc tout en prenant deux petites boîtes métalliques dans son sac.

— Je vous expliquerai plus tard, répondit-elle en observant les soldats faire leur travail.

Malone semblait fasciné par les deux hommes. Abby s'approcha de lui.

— Qu'est-ce que tu regardes ?

— Moi il y a dix ans. J'étais très doué pour ce genre de missions. On me parachutait derrière les lignes ennemies et j'installais des cibles lasers afin que les chasseurs se verrouillent dessus pour déclencher le feu d'artifice. Au fait, le truc, c'est de se sauver avant l'explosion.

Il lui prit la main, les yeux toujours fixés sur les parachutistes en plein travail.

— Je ne suis pas sûr qu'on ait le temps de filer, observa-t-elle en sentant un grand froid l'envahir.

— Moi non plus, murmura-t-il dans un souffle de fumée tout en lui serrant la main.

•

Les deux hommes finirent d'installer leurs lasers et entamèrent la procédure de déclenchement de frappe aérienne. En voyant Havoc tapoter sur sa tablette, puis allumer sa radio, Mal pensa à son propre passé, lorsque sa seule motivation était de servir la reine et l'Angleterre.

— B-one Avenger, ici Havoc.

— Je vous reçois cinq sur cinq, Havoc. Nous sommes à quatorze kilomètres de la cible.

— Bien reçu. Il s'agit d'une rangée de véhicules délimitée à l'est et à l'ouest par des lasers. Bombardement en étoile, bombes de deux cent cinquante kilos. Vous avez compris ?

— Affirmatif, Havoc.

La conversation s'arrêta là et Playboy prit la parole.

— Notre extraction se trouve à un kilomètre au sud d'ici. J'ai pour instruction de vous emmener, informa-t-il Abby, mais on ne m'a rien dit pour lui.

— Il m'accompagne, déclara Abby.

— Le problème, c'est qu'à trois, nous serons déjà en charge maximale. Il n'y a littéralement pas de place pour lui.

— Alors je reste, décréta-t-elle, les yeux fixés sur les lasers. Euh, c'est normal que l'une des lumières se soit éteinte ?

Les deux hommes coururent en direction de leur appareil. Dans le ciel, un grondement de réacteurs se faisait déjà entendre au loin.

— Merde, intervint Mal, c'est pas bon.

En une seconde, il se décida, même si cela n'avait rien de conscient. C'était simplement la seule chose à faire pour lui.

Il rattrapa les parachutistes et vit que le trépied du laser s'était déséquilibré dans la neige instable.

— Je m'en occupe, dit-il.

— Avec tout notre respect, c'est notre boulot.

— Et avec tout le mien, vous devez protéger Abby et déguerpir d'ici. Ses connaissances vous permettront de gagner la guerre. Moi, je ne suis qu'un troufion. Je n'ai aucune valeur et vous ne pouviez pas m'emmener de toute façon.

Il savait qu'Abby était assez bornée pour rester là avec lui malgré l'arrivée de dix mille soldats russes.

Sans leur laisser le temps de discuter, il ouvrit la boîte métallique et en sortit le minuscule pointeur laser.

— Quelle est sa portée ?

Playboy grimaça.

— Environ huit mètres.

— Bon, est-ce que l'un d'entre vous va se sacrifier ou bien vous allez me laisser faire ça pour… *(elle)* l'effort de guerre ?

— Tu es qui ? demanda Havoc.

— Un ex-SAS. Elle est l'élément le plus important de cette équation, et vous êtes les suivants. Si une guerre éclate, on aura besoin de vous. Pas de moi. Allez-y. Mettez-la à l'abri.

Havoc ôta son équipement de sécurité et le lui donna.

— Allonge-toi, pointe le laser sur le camion le plus proche et enfonce-toi dans la neige.

Mal poussa un soupir de soulagement. Ils comprenaient. Et Abby finirait un jour par comprendre elle aussi.

— Dites-lui qu'elle devra écrire mon dernier rapport à son père pour moi.

— Ça marche, mais quelque chose me dit que tu la reverras. Je vais t'envoyer notre meilleur secouriste. Son nom de code est « T.S. », ne l'oublie pas, précisa Playboy en enroulant son gilet pare-balles autour de la tête de Mal.

— C'est noté.

— Ne bouge pas et ça devrait aller.

— Promis.

Havoc lui donna un petit coup de pied amical.

— On n'oubliera pas ton geste, Marchand. On va mettre ta chérie à l'abri.

Mal avait du mal à l'entendre à cause du vacarme des avions en approche. Ce bruit l'apaisait. Il avait enfin l'impression de faire ce qu'il fallait. Abby était sauvée, tout comme cette région du monde, pour l'instant tout du moins. Et les jeunes parachutistes ne mourraient pas.

Il gardait le regard fixé sur le laser pour vérifier que le rayon ne vacillait pas, mais la seule chose à laquelle il pensait était Abby. S'il sortait vivant de ce bombardement et si le monde survivait à cette crise, il se lancerait à sa conquête, et tant pis pour son père ou pour son boulot.

Il sentit la première déflagration, puis la deuxième, secouant le sol sur lequel il était couché. Puis il n'entendit plus rien.

Chapitre 18

Abby s'harnacha de son mieux dans le minuscule hélicoptère qui était venu les chercher. Elle était paralysée par le froid. Sa lèvre inférieure était la seule chose qui bougeait encore chez elle, mais elle ne savait pas si c'était parce qu'elle était congelée ou parce qu'elle était au bord des larmes. On l'avait forcée à monter à bord. Elle avait résisté pendant une minute avant de se rendre compte qu'elle mettait les soldats et le pilote en danger.

Elle se demandait si Mal lui pardonnerait, parce qu'elle savait que lui ne l'aurait jamais abandonnée. Se le pardonnerait-elle un jour elle-même, d'ailleurs ?

Playboy était allongé sur le sol de l'appareil, car la cabine était trop exiguë pour trois.

Les premières explosions se firent entendre lorsqu'ils décollèrent. Elle chercha en vain des yeux les points d'impact des bombes, espérant contre toute probabilité voir Mal courir dans la neige, mais elle ne distingua rien d'autre que de la fumée noire et des véhicules en flammes. Le ciel était envahi de cendres noires qui souillaient la blancheur de la neige et la clarté de l'aube.

Tandis que l'hélicoptère virait en direction de la Biélorussie, elle aperçut quelque chose bouger en lisière des arbres. Le cœur battant, elle se tourna pour mieux voir. Était-ce Mal ? Ou bien des Russes ? Comment s'en sortirait-il si l'ennemi était déjà sur place ? Avait-il seulement survécu à l'explosion ?

Abby éprouvait un fort sentiment de malaise. Elle n'avait cessé d'enchaîner les mauvaises décisions et Malone avait été la victime de la plupart d'entre elles.

Lorsqu'ils arrivèrent à l'avant-poste, le soleil était levé et la journée s'annonçait belle. Abby aurait préféré un temps maussade et sombre, à l'image de son humeur.

Dès que l'engin toucha le sol, elle sauta sur le tarmac et Playboy se précipita vers un Apache sur le point de décoller. Il serra la main d'un homme et lui désigna Abby du doigt. Son interlocuteur hocha la tête et s'engouffra dans son appareil juste avant que celui-ci décolle. Un second Apache prit son envol et les deux hélicoptères disparurent en direction de l'Ukraine.

Havoc accompagna Abby au petit terminal pour qu'elle y enregistre son arrivée. Playboy avait ouvert une session FaceTime sur son téléphone.

Elle aperçut un visage de bébé sur l'écran et sourit en pensant qu'il avait une famille pour l'accueillir une fois ses missions terminées.

Il raccrocha.

— C'est trop mignon. Il a quel âge ? demanda-t-elle.

— Ma fille est née une semaine avant que j'embarque. Le timing parfait, quoi, expliqua-t-il avec un grand sourire.

— Votre femme ne s'inquiète pas pour vous ? l'interrogea-t-elle, car elle s'était toujours posé beaucoup de questions sur ce genre de relations.

Il ricana.

— Au contraire, elle est plutôt jalouse. Elle a commencé dans les opérations spéciales, mais elle est désormais dans la même branche que vous. Elle aimerait se retrouver au cœur de l'action, croyez-moi.

— Ça doit être agréable de vivre avec quelqu'un qui comprend votre boulot.

Combien existait-il de personnes au monde capables de saisir ce qu'elle faisait ? Et à qui aurait-elle le droit d'en parler, d'ailleurs ?

— Tout à fait. Bon, faut qu'on aille se reposer avant de repartir. Vous devez signer là, je crois, dit-il en désignant un secrétaire, devant qui se trouvait un énorme registre ouvert.

— Ça ne fait pas très moderne, plaisanta Abby après avoir donné son nom à l'employé.

— Avec toutes les cyberattaques perpétrées par les Russes, on ne travaille plus qu'avec des téléphones sécurisés, ou sur papier. (Il referma le registre et tira une enveloppe de l'une des niches de son bureau.) J'ai un message pour vous.

Elle commença à l'ouvrir et Havoc passa la tête par l'embrasure d'une porte pour lui parler.

— C'est juste pour vous dire que le type avec qui je discutais tout à l'heure est infirmier et qu'il est parti chercher votre ami. Mes compagnons trouveront le moyen de le ramener, ne vous en faites pas.

— Merci.

Il lui adressa un petit sourire et disparut.

Le message était une convocation au centre opérationnel. Elle en demanda le chemin et s'enfonça dans un labyrinthe de couloirs en béton nu. Quelques minutes plus tard, elle entra dans une grande pièce qui avait dû être un gymnase scolaire. Maintenant qu'elle y songeait, la base devait être une école désaffectée. Abby était prête à parier que la piste d'atterrissage était un ancien terrain de sport.

Elle relut le message et interpella le premier uniforme qu'elle croisa.

— Excusez-moi, c'est bien ici que je suis censée me rendre ?

La jeune femme lut le message et hocha la tête.

— Tout à fait, mais je ne sais pas qui vous attend. Regardez si vous reconnaissez quelqu'un.

Abby commençait à se dire qu'elle risquait d'attendre longtemps, puis se figea. Rien n'allait-il donc se dérouler correctement aujourd'hui ? Son supérieur, celui au nez duquel elle avait raccroché quelques heures plus tôt, l'observait de la tête aux pieds, l'air effaré.

— Monsieur, le salua-t-elle.

— Je suis surpris que vous ayez eu le courage de venir, Baston. Vous avez enfreint tellement de règles en une semaine que je ne sais même pas par où commencer.

Avec un mélange de désespoir et d'énervement, elle répondit aussitôt :

— Pourquoi pas en me remerciant de vous avoir signalé la présence de ce leurre sur la frontière ? En me félicitant d'avoir risqué ma vie pour transmettre l'info à Langley, vu que tout le matériel que j'avais reçu était dépassé depuis trois ans et presque inutilisable ? Vous pouvez aussi remercier mon père de s'être fait du souci pour moi – parce qu'il pense toujours que je travaille dans l'humanitaire – et d'avoir engagé un ancien soldat des forces spéciales pour veiller sur moi. J'ai enfreint les règles, soit, mais dans mon domaine, il n'y en a pas vraiment, à part dans la tête des gratte-papier. Eux peuvent s'offrir le luxe de suivre les règles à la lettre et de rentrer gentiment chez eux le soir. Ça fait deux ans que je n'ai pas mis les pieds aux États-Unis parce que vous me trimballez de pays en pays. Je sais que c'est mon boulot, mais c'est aussi mon boulot de sortir du cadre des règles. J'ai fait le nécessaire pour mener ma mission à son terme.

Elle s'arrêta pour reprendre son souffle, et se rendit compte que tout le monde se taisait et la regardait. Son patron était si rouge qu'elle voyait presque de la fumée lui sortir par les oreilles.

— Vos arguments sur la nature de votre métier sont risibles, répondit-il très bas en se penchant vers elle. C'est moi qui ai votre avenir entre les mains et je peux vous dire que pour l'instant, vos chances de conserver votre emploi sont faibles.

Le cœur d'Abby cessa de battre. Il la mettait à la porte ?

— Un avion part pour Baltimore dans vingt minutes. Vous n'avez plus l'autorisation de vous trouver sur cette base, donc je vous conseille de monter à son bord. Sinon je vous fais jeter dehors et vous rentrerez chez vous par vos propres moyens. J'espère que vous avez votre passeport sur vous.

Elle ne l'avait pas, et elle comprit rapidement qu'errer dans la capitale biélorusse sans papiers et sans argent était loin d'être la meilleure solution. Elle hocha la tête et quitta la pièce. Tout autour d'elle, les conversations reprirent. Elle n'oserait jamais outrepasser les ordres et rester là.

Si les secours trouvaient Malone, ils s'occuperaient de lui. Qu'elle soit présente ou pas n'y changerait rien.

Elle retourna à l'accueil et signa le registre de sortie. Le secrétaire lui désigna le C-130 qui la ramènerait au pays, mais avant de s'y rendre, elle ouvrit la porte de la pièce où elle avait vu les deux parachutistes entrer. Elle voulait prendre toutes ses précautions.

Havoc dormait dans une couchette, un bras sur les yeux et des écouteurs dans les oreilles. Sans même hésiter, elle lui tapota le bras. Il ouvrit aussitôt les paupières, ce qui prouvait qu'il avait l'habitude de ce genre de réveil impromptu.

— Ouais ? dit-il en ôtant ses écouteurs.

— On me renvoie aux États-Unis. S'il vous plaît, faites en sorte qu'on cherche bien Mal… euh, Marchand. Veillez à ce qu'on n'abandonne pas les recherches.

Elle nota son adresse e-mail sur une carte postale accrochée au mur du lit.

— Prévenez-moi si on le retrouve, poursuivit-elle avant de grimacer. Quoi qu'il arrive.

Havoc hocha la tête.

— Nos gars sont les meilleurs. Vous pouvez compter sur eux, c'est promis.

— Merci, dit-elle en serrant son bras musclé.

— Je vous en prie.

Il se recoucha et remit ses écouteurs, mais alors qu'elle s'apprêtait à sortir, il se redressa.

— Au fait, il m'a demandé de vous transmettre un message. Je dois vous dire que ce sera peut-être à vous de rédiger le rapport pour votre père. Ça a un sens pour vous ?

Les larmes aux yeux, elle hocha la tête et quitta la pièce.

Mal tituba jusqu'aux arbres, à la recherche urgente d'un abri après le bombardement. Sa vision et son ouïe étaient sérieusement endommagées, et il savait qu'il devait se mettre à couvert jusqu'à ce qu'il recouvre ses facultés... s'il les recouvrait un jour.

Il marcha jusqu'au trou qu'il avait creusé dans la soirée avec Abby. Elle devait lui en vouloir de ne pas lui avoir dit « au revoir ». En vérité, il avait envie de la serrer dans ses bras jusqu'à la fin des temps. Ou tout du moins jusqu'à ce que ses oreilles cessent de sonner. Ces bombes de deux cent cinquante kilos étaient monstrueuses et il s'était retrouvé à quelques mètres seulement de la zone d'explosion.

Il ferma les yeux, se boucha les oreilles et se concentra sur sa respiration. Il avait mal à la poitrine, ce qui était probablement synonyme de côtes cassées. Il avait aussi très mal au bras, mais il s'en fichait. Il aurait besoin de ses deux bras pour se tirer de là en un seul morceau et il préférait ne pas penser au fait qu'il était peut-être blessé.

Quelques minutes plus tard, le rugissement dans ses oreilles s'était un peu atténué, mais il savait qu'il ne pouvait compter que sur son ouïe pour déterminer si l'armée russe était proche ou pas. Il sortit de la clairière en tentant de garder son équilibre, ce qui n'était pas facile à cause de son problème auditif.

Il atteignit tant bien que mal le camion qu'ils avaient emprunté et se réfugia à l'intérieur pour se protéger du vent glacial. Il s'effondra dans le siège du conducteur et vit qu'Abby avait laissé quelques dollars dessus. La torture psychologique, rien de tel pour affaiblir l'adversaire. Malgré son épuisement, il se rendit compte qu'il lui suffisait de faire une petite chose de plus pour au moins retarder l'invasion.

Il prit un carnet et un crayon dans le vide-poche, et dessina une carte grossière sur laquelle il indiqua les mouvements des troupes russes.

En bas de la carte, il dessina les drapeaux américain, britannique et européen, puis traça les mots « nous vous attendons » en russe. Une fois son œuvre terminée, il fixa la feuille sur l'appuie-tête à l'aide de son couteau. Cela les ferait réfléchir.

Il démarra et grimaça de douleur, car les vibrations du moteur se répercutaient dans tout son corps. Il se gara à une centaine de mètres de l'autre côté de la frontière et ouvrit toutes les portières pour attirer l'attention des Russes, puis retourna s'abriter dans son trou de fortune. Il avait besoin de quelques minutes de récupération avant de reprendre le chemin de la ville. Les parachutistes avaient dit qu'ils enverraient quelqu'un à sa rescousse, mais comme sa présence n'était pas officielle, il savait que malgré toute leur bonne volonté, l'envoi de secours n'était pas de leur ressort. Il n'avait pas l'intention d'attendre sur place pour voir de quelle humeur seraient les Russes.

Il ôta l'équipement de protection que les deux hommes lui avaient donné et l'enterra sous un tas de neige pour ne rien porter de trop compromettant. Il sortit du petit bois, bien décidé à rejoindre la grande route, lorsqu'il entendit le bruit caractéristique d'un hélicoptère en approche. Il se remit à l'abri sous les arbres et scruta le ciel. Il s'agissait peut-être des secours promis, mais c'était peut-être aussi une équipe de reconnaissance russe.

L'hélicoptère arrivait de l'espace aérien biélorusse. Lorsque Mal aperçut l'appareil et les couleurs peintes sur son fuselage, il sortit à découvert. L'Apache n'hésita pas une seule seconde. Il tomba du ciel à une vitesse alarmante et ne se redressa qu'à quelques mètres du sol. Le pilote avait des couilles en acier trempé.

Un homme sauta dans la neige et courut vers lui.

— Bonjour, je m'appelle T.S. et je suis venu vous chercher. Vous pouvez marcher ?

Mal sourit et hocha la tête. Ils firent quelques pas vers l'hélicoptère, mais l'appareil semblait s'éloigner un peu plus à chaque mètre. Il vit T.S. faire un signe à quelqu'un dans la cabine, puis il s'évanouit.

Chapitre 19

Le vol d'Abby fut un calvaire. Généralement, elle était toujours heureuse de revenir au pays. Mais aujourd'hui, à chaque seconde qui l'éloignait de Malone, son cœur se déchirait un peu plus. Elle était partie sans même savoir s'il s'en était sorti. Quel genre de personne était-elle pour agir avec aussi peu de cœur ? Une personne forcée d'obéir aux ordres. Elle aurait dû envoyer promener son patron.

Elle se rendait compte combien elle avait été stupide en donnant son adresse mail à Havoc. Il ne pourrait pas lui communiquer les résultats d'une enquête classée de cette manière et elle ne lui avait pas demandé de transmettre son adresse à Mal. Où avait-elle eu la tête ?

Elle passa tout le vol sans rien avaler. L'offre de restauration était d'ailleurs assez spartiate : c'était un avion de transit militaire quasiment vide. Les passagers avaient dû tous descendre en Biélorussie et l'appareil rentrait aux États-Unis pour embarquer de nouvelles troupes. Elle aurait tout donné pour pouvoir repartir elle aussi. Elle n'avait peut-être aucun moyen à sa disposition, mais elle voulait simplement aller chercher Mal.

Lorsque l'avion se posa à Baltimore, elle était recrue de fatigue. Un agent de la CIA l'attendait pour la conduire au quartier général de Langley. Elle essayait de ne pas s'appesantir sur ce que son supérieur lui avait dit en Biélorussie, mais les faits étaient là : elle avait introduit un civil, très doué, certes, mais un civil quand même, dans une situation d'espionnage international. La punition était inéluctable.

L'agent la regarda dans le rétroviseur.

— Il paraît que vous avez empêché un gros conflit européen ?

— J'en doute. Retardé, au mieux.

Elle tourna la tête vers la vitre pour lui faire comprendre qu'elle n'avait pas envie de discuter.

— On va peut-être vous donner une récompense.

— Plutôt un carton avec mes affaires personnelles dedans, répondit-elle.

Tais-toi, maintenant.

— Je suis sûr que non. Vous avez été héroïque.

Elle repensa à Malone. C'était lui, le véritable héros. Lui qui avait risqué sa vie pour détruire le matériel russe et freiner l'invasion.

— Ce n'est pas ce que pense mon chef, murmura-t-elle.

— Mais c'est peut-être ce que pense son chef à lui. On m'a ordonné de vous mener au bureau du directeur Walker, déclara-t-il avec un sourire satisfait.

— Le directeur ?

Elle regarda ses vêtements. Elle avait ôté sa combinaison polaire avant de monter dans l'avion mais elle portait un jean qui avait été trempé, puis séché, et ce deux fois de suite, ainsi qu'un pull qui avait connu des jours meilleurs. *Et merde !* Le directeur avait la réputation d'aimer les bonnes manières et les apparences soignées, deux points qui n'étaient pas son fort. *Bon,* soupira-t-elle, *quitte à être virée, autant que ce soit par le grand patron.*

Au lieu de réfléchir à un plan pour éviter le chômage, elle ne pouvait songer qu'à Malone. Il était peut-être couché dans la neige, blessé. Et si les Russes le trouvaient avant les secours américains ? Il était peut-être mort, seul. Ou bien il était déjà de retour en ville, dans un bar, en train de draguer une jolie Ukrainienne. Elle qui n'avait pourtant aucune imagination, elle ne pouvait s'empêcher d'égrener les hypothèses.

Une fois à Langley, on l'introduisit directement dans le bureau du directeur. Elle resta debout, mal à l'aise, car elle ne voulait pas salir les fauteuils élégants avec son pantalon crasseux. On n'aurait pas pu la congédier par texto et la laisser reprendre sa vie ? Vie qu'elle n'avait pas, d'ailleurs. Pas plus que d'appartement. Et comment remplir un CV lorsque toute votre expérience professionnelle était faite d'informations classées secret-défense ? Maintenant qu'elle y réfléchissait, sa situation était pire qu'elle ne l'avait cru au premier abord.

Le directeur Walker entra à grands pas.

— Abigail Baston ? dit-il en lui tendant la main.

— Oui, monsieur, répondit-elle en se tortillant sur place.

— Asseyez-vous, ordonna-t-il.

— Il ne vaut mieux pas, monsieur. Je sors de mission et je n'ai pas eu l'occasion de me changer depuis deux jours, dont un passé dans un trou.

— Je sais. Il paraît que vous avez également botté le cul de votre supérieur hiérarchique, lui assena-t-il en dressant les sourcils.

Le directeur de la CIA venait d'utiliser le mot « cul ». Elle n'en revenait pas.

— Je suis désolée, monsieur.

— Il n'y a pas de quoi. Ça me démangeait depuis des années. D'ailleurs, cette force de caractère vous sera très utile dans votre prochain poste. On a besoin de vous en Turquie.

La Turquie. Bon sang, c'était énorme ! Le fait d'apprendre qu'elle ne perdrait pas son emploi lui ôtait un gros poids des épaules. Elle recevait même une promotion, car la Turquie était un pays d'une grande importance stratégique. Mais aussitôt, son excitation retomba. Quelque chose clochait encore.

— Monsieur, un civil s'est retrouvé impliqué dans ma dernière opération. J'ai dû l'abandonner sur place. Pouvez-vous me dire s'il va bien ?

Elle cessa de danser d'un pied sur l'autre et observa le visage du directeur à la recherche du moindre indice quant au sort de Malone.

— Non. Oubliez cette histoire, jeune femme. Par moments, nous sommes forcés d'utiliser toutes les ressources à notre disposition. Vous l'avez fait admirablement, mais il faut aussi savoir tourner la page. C'est le cas ici. Vous ne pouvez pas entretenir de relation avec une personne rencontrée alors que vous étiez infiltrée. Ce serait la mort assurée. Oubliez tout ça et passez à autre chose. Vous avez deux semaines pour vous reposer. Familiarisez-vous avec la situation turque, et ensuite rendez-vous sur place. Allez toujours de l'avant. S'arrêter, c'est mourir.

Il fit pivoter sa chaise et regarda par la fenêtre.

— Bien, monsieur, dit-elle en se retournant pour sortir.

— Mes meilleurs agents de terrain sont des femmes. Il y a vingt ans, vous auriez été cantonnée dans un bureau. Le monde change, mademoiselle Baston. Il faut savoir s'adapter.

— Oui, monsieur.

Comme il avait toujours les yeux fixés sur le jardin qui s'étendait sous sa fenêtre, elle comprit qu'il ne dirait plus rien et sortit.

Chapitre 20

Mal atterrit à Washington deux jours plus tard. Le chauffeur de Baston le récupéra à l'aéroport et le conduisit à la maison de campagne de son patron, un immense domaine situé à Reston, en Virginie. Le chauffeur ne lui proposa même pas de passer chez lui.

Il était viré, cela ne faisait aucun doute.

— Où est ma fille ? demanda Baston dès que la voiture s'arrêta devant la demeure, après avoir franchi deux postes de sécurité.

— Je n'en sais rien. C'est compliqué, répondit Mal.

La suite de la conversation s'annonçait difficile. Il ne pouvait pas expliquer à son patron pourquoi il l'avait abandonnée, lui révéler qu'elle appartenait à la CIA… En fait, il ne pouvait rien lui dire du tout. Un émissaire de l'ambassade de Grande-Bretagne en Biélorussie était venu lui rendre visite à l'hôpital pour lui rappeler que ce genre d'activités était couvert par la loi sur les secrets officiels, un document qu'il avait signé quinze ans plus tôt et qui n'avait jamais expiré.

— Expliquez-moi ça.

Depuis trois ans qu'il travaillait pour Baston, il ne lui avait jamais manqué de respect, c'était pourtant ce qu'il semblait en train de faire.

— Je suis désolé, je ne peux pas.

— Dites-moi au moins où elle est.

— Je ne sais pas. Désolé.

— Attendez une seconde. Je vous ai envoyé en Ukraine pour surveiller ma fille unique et pour veiller à sa sécurité, et vous revenez blessé et sans la moindre idée d'où elle peut être ?

— J'en ai peur, monsieur.

— Vous me cachez quelque chose ? Vous en savez plus que vous ne le prétendez ?

— Oui, je suis dé…

— Vous resterez aux arrêts tant que vous ne m'aurez pas dit où se trouve ma fille.

Baston hurla ces derniers mots en les rythmant par des coups d'index sur le torse de Mal. Ce dernier le comprenait.

— Je suis sûr qu'elle va bien, déclara-t-il.

— Vous êtes sûr ? À cent pour cent ? Ou bien vous pensez ?

— Je pense.

— Dans ce cas, vous ne bougerez pas d'ici tant que je ne saurai pas tout. Disparaissez, ordonna

Baston en faisant un signe de tête à un agent de sécurité qui était entré dans le bureau sans un bruit.

— Monsieur Garrett, si vous voulez bien me suivre.

Deux jours plus tard, Malone était toujours là. Plusieurs personnes étaient venues l'interroger, mais il était contraint au silence. Les médecins l'auscultaient régulièrement, et le bourraient de médicaments pour la douleur ainsi que l'inflammation de ses côtes et de son bras cassés. Son sommeil était agité, ses rêves étaient envahis d'images d'Abby.

Il aurait pu partir n'importe quand. S'évader n'aurait été qu'un jeu d'enfant. Mais il voulait être là lorsque Baston parviendrait enfin à entrer en contact avec Abby. C'était l'endroit idéal pour se tenir au courant. Il était résigné à ne plus la revoir. La nature de son métier la forcerait à changer de vie en permanence. Dans ses heures les plus sombres, à l'hôpital, alors qu'il était perclus de douleur, il avait espéré qu'elle… qu'elle quoi, au juste ? Qu'elle démissionnerait ? Tout cela après une semaine d'une relation sentimentale chaotique ? C'était de la folie. Peut-être pouvait-il mettre cela sur les effets de son traitement. Leur couple n'avait aucun avenir et pour la première fois de son existence, il avait le cœur brisé.

Même David Church, qu'il avait rencontré en Grèce, était passé le voir. Baston l'avait chargé de l'interroger, mais ils n'avaient parlé que de ce qu'ils avaient fait l'un et l'autre après la Grèce. Baston avait envoyé Church sur plusieurs autres missions, mais il était toujours revenu chez sa copine et pas chez lui. C'était trop mignon. Le collègue le plus fragile avec lequel il avait jamais travaillé avait trouvé la femme de sa vie, en mission qui plus est.

Mais où Abby pouvait-elle bien être ?

Abby venait de passer trois longs jours à regarder des dossiers sur la situation géopolitique de la Turquie. Mais uniquement à les regarder. Elle n'avait pas eu le courage de les lire. Dès qu'elle essayait de se concentrer sur les mots, ses pensées revenaient à Malone.

Où était-il donc ?

L'après-midi du troisième jour, elle arriva à une décision. Elle avait besoin de réponses. Il fallait qu'elle le voie. Sans cela, elle ne pourrait jamais se consacrer à sa mission. Elle observa sa table croulant sous les dossiers et pour la première fois ne ressentit aucun enthousiasme, aucune étincelle. Mal avait fait disparaître tout cela lorsqu'il l'avait abandonnée pour jouer les héros.

Elle avait besoin de lui, besoin de savoir qu'il allait bien. Qu'il était vivant. Une seule personne pouvait l'aider. Après trente secondes d'hésitation, elle prit son sac à main et les clés de sa voiture de location, puis se précipita hors de son hôtel.

Il lui fallut vingt minutes pour arriver à Reston et dix de plus pour franchir les postes de sécurité. Son cœur battait de plus en plus fort. Pourquoi n'avait-elle pas fait cela dès le premier jour ? La première heure ?

Elle se gara devant l'entrée. Cela mettrait son père en rage, mais elle s'en fichait.

Elle sonna à la porte. La sécurité avait averti son père de son arrivée, mais il la faisait poireauter. C'était tout lui. Il eut au moins la décence de venir ouvrir lui-même.

— Abigail ! Où étais-tu ?

Si elle n'avait pas connu sa proverbiale sécheresse de cœur, elle aurait juré qu'il était étranglé par l'émotion.

— En Ukraine. Tu le sais, vu que tu m'as envoyé un espion.

Il l'installa dans le bureau du rez-de-chaussée, une espèce de bibliothèque aux rayons de livres factices contenant des compartiments secrets et des portes dérobées. C'était le paradis des enfants. Elle se rappelait avec délice ses premières explorations lorsque la famille avait emménagé.

— Comment sais-tu que je t'ai envoyé quelqu'un ? demanda-t-il en coupant le bout de son cigare.

— Où est-il ? Tu as de ses nouvelles ? Il s'en est sorti ? Papa, il faut que tu me le dises.

Sans le bureau qui les séparait, elle l'aurait secoué par les épaules.

Baston fronça les sourcils.

— Lui, tu veux dire ?

Il pointa du doigt la porte du cabinet et Abby se retourna.

Malone se trouvait devant elle, un bras en écharpe et un côté du visage couvert de bleus. Terrassée par le soulagement, elle dut se plier en deux pour réussir à respirer.

— Dieu merci, dit-elle avec un gémissement qu'elle aurait jugé embarrassant dans d'autres circonstances. Malone.

Il franchit les quelques mètres qui les séparaient et la serra dans son bras valide.

— Voilà qui est intéressant, commenta Baston, mais aucun des deux jeunes gens ne lui prêta attention.

Il se racla la gorge et ils s'écartèrent, mais Abby prit la main de Mal.

— Comment as-tu pu survivre à l'explosion ? demanda-t-elle en ravalant ses larmes. C'était une véritable apocalypse. Je ne voyais pas comment tu pourrais t'en tirer. Ensuite, personne ne m'a dit où tu étais, ni même si tu étais encore en vie.

Elle ferma les yeux, déglutit, puis les rouvrit et lui assena un coup de poing dans son bras épargné.

— Aïe, c'est pas très gentil, ça !

— Pourquoi tu ne m'as pas téléphoné ?

— Comment j'étais censé le faire ? En cherchant ton numéro dans l'annuaire, si ce genre de truc existe encore ? Tu ne m'as laissé aucun moyen de te joindre. Ton père m'interroge depuis deux jours pour découvrir où tu te caches.

Malgré son ton énervé, il souriait et lui caressait la main avec le pouce.

Baston les interrompit.

— Ce que j'aimerais savoir, c'est pourquoi tu ne m'as pas appelé pour me dire que tu allais bien ?

— Papa, puisque tu m'espionnes – ou que tu me fais espionner, ce qui est encore pire –, tu n'as pas le droit de te plaindre si ton chien de garde perd ma trace.

— C'est sympa pour moi, ça, merci, intervint Mal, secouant la tête pour feindre la déception.

— Te connaissant, je suis sûre que tu y survivras.

— Suffit, gronda Baston en élevant la voix. Vous pouvez m'expliquer ce qui se passe ? Si jamais ma fille et vous…

— Assieds-toi, papa, dit Abby en s'installant dans l'un des fauteuils en cuir. Je travaille pour la

CIA. J'étais en Ukraine pour surveiller les Russes. Ils ont tenté d'envahir le pays, Mal m'a aidé à le faire savoir à Langley… et voilà.

Baston se laissa tomber dans son siège et mordilla son cigare, qu'il n'avait toujours pas allumé. Maintenant qu'elle lui avait tout raconté, Abby savait qu'elle allait devoir démissionner. C'était un soulagement. Peut-être aurait-elle dû faire cela depuis longtemps.

— Enfin, je travaillais pour la CIA, plutôt, corrigea-t-elle. Je n'ai plus qu'à donner ma démission.

— C'est vrai ? se réjouit Mal. Donc tu vas rester aux États-Unis ?

Elle haussa les épaules.

— Je n'y ai pas vraiment réfléchi. Je n'ai pris ma décision qu'il y a trente secondes.

— Viens travailler pour moi, proposa Baston, qui sauta sur l'occasion.

Abby le regarda, éberluée.

— Attends, je t'apprends que je bosse pour la CIA et c'est la première chose que tu me dis ? Pas « Comment as-tu pu me mentir pendant aussi longtemps ? » Ou « Mon petit bébé, tu as couru un danger ? » Non, tout ce que tu trouves à dire, c'est « viens travailler pour moi », observa-t-elle en hochant la tête.

— Je suis un homme d'affaires, mon cœur. Si je croise un agent hyper-entraîné qui vient de perdre son poste, il est de mon devoir de patriote de lui offrir un emploi. Et d'insister s'il refuse. Sans compter qu'un agent féminin serait un atout précieux pour moi. (Il alluma enfin son cigare et des volutes de fumée bleues commencèrent à envahir la pièce.) Et je ne parle même pas de deux agents qui pourraient jouer les couples mariés.

Abby tourna la tête vers Malone, qui souriait en silence. Elle sourit elle aussi.

— Vous vous chamaillez déjà comme un vieux couple de toute façon, ce serait du gâteau.

— Permission de vous enlever votre fille pendant quelques minutes, monsieur ? demanda Malone en se levant d'un bond et en tendant les mains à Abby.

Elle les prit et se leva à son tour.

Son père poussa un grognement.

— Ne me forcez pas à… je ne veux pas savoir. Et pas sous mon toit ! ajouta-t-il en criant tandis qu'ils quittaient la pièce.

Malone bondissait dans les escaliers, traînant dans son sillage une Abby gloussante.

— Qu'est-ce qui presse tant ?

— On va devoir s'entraîner longtemps pour jouer les couples légitimes, expliqua-t-il. Très longtemps.

Épilogue

Deux ans plus tard

Ils venaient de conclure leur quinzième mission en tant que couple. Après la septième, ils avaient régularisé leur union sur une île des Caraïbes dans le cadre de leur rôle. Se marier dans ces circonstances était, de leur point de vue en tout cas, dans la logique des choses.

Les rumeurs de guerre s'étaient tues. Officiellement, les Russes étaient en négociations avec l'Europe. Officieusement, on disait que l'OTAN avait eu vent des intentions de la Russie, qui avait effectué une retraite précipitée. Le calme était revenu, jusqu'à la prochaine alerte, comme toujours.

Mal et Abby s'apprêtaient à entamer leur seizième mission, la plus importante de leur carrière. Baston leur avait prêté son jet privé. Abby restait immobile, ce qui, pour Mal, trahissait sa nervosité. Elle réagissait toujours à l'opposé des autres personnes qu'il connaissait. Elle se figeait lorsqu'elle était nerveuse et débordait de vie lorsqu'elle se sentait à l'aise. C'était là l'un des grands plaisirs de sa vie : découvrir petit à petit des facettes de sa femme que peu de gens connaissaient.

— Ça va bien se passer, la rassura-t-il en passant le bras autour de ses épaules.

— Tu n'es pas stressé ? demanda-t-elle en l'observant attentivement.

— Bien sûr que si. C'est une réaction naturelle, mais on va très bien s'en sortir, tu vas voir.

— Ça te dirait de me changer les idées ? suggéra-t-elle, un sourcil dressé.

— À ton service, tant que ton père n'a pas fait installer de caméras à bord.

— Je les ai débranchées avant le décollage, répondit-elle avec un sourire espiègle.

Il sourit et se leva.

— C'est ce que j'aime chez toi. Tu ne laisses rien au hasard.

— Tout à fait, confirma-t-elle en soulevant son pull pour lui montrer ses dessous.

En voyant sa lingerie bleu foncé, il soupira.

— Si tu me prends par les sentiments...

— Tout à fait, répéta-t-elle en laissant tomber sa jupe en jean sur le sol de l'avion avant de poser un genou sur le canapé qui couvrait tout un côté de la cabine. Où est-ce que tu veux me prendre ? Ici ? (Elle caressa le dossier du divan.) Dans l'office ?

Il l'imagina aussitôt assise en hauteur, les jambes écartées pendant qu'il la léchait jusqu'à la jouissance. Cette pensée suffisait à lui provoquer une érection. Il souleva Abby et marcha jusqu'à l'office pour la déposer sur le plan de travail métallique.

— C'est froid, murmura-t-elle.

— Non, c'est très, très chaud, rétorqua-t-il en lui écartant lentement les cuisses jusqu'à ce que le tissu de sa culotte se tende.

Il baissa la tête et passa la langue sur la soie bleue. Abby recula et se cambra en se tortillant sous l'effet de sa langue. Mal passa ensuite un doigt sous le tissu et lui caressa le clitoris pour la titiller encore davantage tout en continuant à la lécher par-dessus la soie. Il mourait d'envie de la goûter mais voulait d'abord la pousser à la soumission.

— C'est qui, le chef? demanda-t-il entre deux coups de langue.

— C'est toi, espèce de salaud, gémit-elle.

— Je ne te le fais pas dire, mon cœur.

Il éloigna le tissu et commença à lécher son intimité. Abby gémit et Mal sentit son sexe pousser contre la toile de son pantalon. Il détacha sa ceinture et le fit glisser au sol. Elle se chargea de lui déboutonner sa chemise et lui laboura le torse avec les ongles pour que ses tétons palpitent au même rythme que son sexe.

Il fit tourner sa langue autour de son clitoris et enfouit deux doigts en elle, puis les fit avancer et reculer, la sentant se crisper autour de lui. Ce qu'elle était étroite... Il releva la tête pour la regarder furtivement. La bouche entrouverte, les yeux fermés, noyée dans les sensations qu'il faisait naître en elle. Il adorait la voir comme ça.

Elle détacha son soutien-gorge, se stabilisa d'une main sur le plan de travail et entreprit de jouer avec son propre téton. Mal était prêt à exploser lui aussi. Il se redressa et prit son autre sein dans sa bouche. Il le mordilla, puis le lécha et souffla dessus pour le durcir. Il plaça ensuite le pouce sur son clitoris et reprit ses mouvements de doigts. Elle se crispa et au moment où il sentit qu'elle allait jouir, il lui remordit le téton. Son orgasme lui envahit tout le corps, qui se mit à frémir jusqu'à ce que les derniers effets se soient évaporés.

Elle passa les mains autour du cou de Mal et ce dernier l'aida à redescendre.

— À ton tour, mon bébé, ronronna-t-elle.

— Je sais déjà comment je veux te prendre.

Il la retourna et la pencha en avant. Il voyait sa figure et ses seins dans le reflet froid des plaques métalliques. Elle portait toujours ses chaussures à talons et se tortilla un peu pour écarter encore plus les jambes. Il la pénétra d'un seul coup. Le souffle coupé, elle recula un peu pour qu'il entre encore plus loin. Mal avança les mains et se regarda jouer avec ses seins tandis qu'il la pilonnait. Il sentait une douce chaleur se répandre en lui du bas du dos. Au bout de quelques coups de reins supplémentaires, ses testicules se comprimèrent. Il s'arrêta une seconde pour profiter de ces instants en elle, dans son corps, dans son âme. Il contempla son visage et se laissa aller à l'orgasme en frissonnant.

— Je vous aime, madame Garrett, déclara-t-il en la prenant dans ses bras.

— T'as intérêt.

Au même moment, le pilote parla dans le micro.

— Atterrissage dans dix minutes.

Ils se redressèrent et Abby se retourna.

— On va faire forte impression si on sort comme ça.

— J'adore voler nu avec toi. Comme ça, je peux te toucher tout le temps.

— Dommage pour toi qu'on prenne généralement des vols commerciaux, alors, répliqua-t-elle en se rhabillant.

— Quelle rabat-joie tu fais.

Il sourit et remonta son pantalon.

— Vraiment ? le provoqua-t-elle en lui désignant l'office d'un air entendu.

— Bon, d'accord. Mais je te promets qu'on reviendra sur cette question de nudité en vol.

— Quand tu voudras, lui murmura-t-elle à l'oreille.

Il lui tendit le poing, qu'elle percuta avec le sien. Qu'il aimait cette femme… Elle représentait le mélange parfait de courage et de féminité. Elle ne cessait de le surprendre et aujourd'hui, elle faisait de lui l'homme le plus heureux du monde.

Un nouveau membre allait rejoindre leur équipe.

Le débarquement se fit dans la zone privée de l'aéroport. Aussitôt arrivée, Abby scruta la foule, à la recherche d'un visage qu'elle connaissait bien.

Pour elle, c'était la cerise sur le gâteau, la conclusion parfaite de sa mission en Ukraine. C'est là qu'elle avait rencontré l'amour de sa vie et ils y retournaient ensemble pour y rencontrer ce qui serait leur nouvel amour commun.

Tanov lui fit un grand signe en la voyant sortir de la douane. Il l'embrassa sur les deux joues et serra vigoureusement la main de Mal. À côté de lui, Brigda tenait un bébé de huit mois endormi dans ses bras. Abby sentit des larmes lui monter aux yeux. Cette fois-ci, elle ne les retint pas. Au même instant, Mal prit une photo.

— C'en est une de toi qui pleures, pas de notre fille.

Il avait fait cette remarque narquoise d'une voix très douce tandis qu'il regardait dans le tas de couvertures et caressait le visage du nourrisson avec le doigt.

Abby avait repris contact avec Tanov au bout d'un an de mariage. Mal et elle voulaient fonder une famille et avaient décidé que, comme ils connaissaient si bien l'orphelinat ukrainien, ce serait là qu'ils adopteraient leurs enfants. Les petits qu'elle avait aidé à élever avaient tous trouvé une famille et ils avaient donc attendu qu'un nouveau bébé arrive.

Sept mois plus tôt, ils avaient reçu le coup de téléphone tant attendu, et une fois les tonnes de paperasses remplies, aussi bien aux États-Unis qu'en Ukraine, ils avaient décollé pour cette mission très spéciale.

— Parfaite, murmura Mal.

— Oui, elle l'est, répondit Abby.

Mal regarda sa femme dans les yeux.

— Je parlais de ma vie.

Remerciements

Aucun des livres de la série *Alpha Ops* n'aurait vu le jour sans mon mari, qui m'a raconté ses histoires de combat et qui m'a prouvé que contrairement à ce qu'on lit habituellement, il est inutile d'être un marine ou un membre des Navy Seals pour être un héros. C'est à lui que je dédie cette série. C'est un sous-officier de l'US Air Force qui a participé à huit missions extérieures pour son pays, ce qui lui vaut d'être plus décoré qu'un sapin de Noël. Je t'aime.

Achevé d'imprimer en septembre 2017
Par CPI France
N° d'impression : 3024197
Dépôt légal : octobre 2017
Imprimé en France
81122332-1